D1858463

Anders Jacobsson · Sören Olsson

Berts romantische Katastrophen

Deutsch von Birgitta Kicherer
Zeichnungen von Sonja Härdin

Verlag Friedrich Oetinger · Hamburg

Mehr von Bert in den Büchern

Berts gesammelte Katastrophen
Berts intime Katastrophen

© Verlag Friedrich Oetinger, Hamburg 1993
Alle Rechte für die deutschsprachige Ausgabe vorbehalten
© Anders Jacobsson und Sören Olsson 1990
Die schwedische Originalausgabe erschien
bei Rabén & Sjögren Bokförlag, Stockholm,
unter dem Titel »Berts vidare betraktelser«
Deutsch von Birgitta Kicherer
Einband und Zeichnungen von Sonja Härdin
Printed in Germany 1993

ISBN 3-7891-3904-1

Dienstag, 2. Mai

Halli hallo, Tagebuch!
Seid gegrüßt, Kameraden! Wir haben an der 1. Mai-Demonstration teilgenommen. Unsere Rockband HEMAN HUNTERS hat sich mit eigenen Plakaten in den Demonstrationszug reingeschmuggelt. Wir fielen überhaupt nicht auf, paßten bestens in unsere Umgebung.
Unsere Forderungen: Mehr Rockauftritte fürs Volk! Schluß mit der Schule! Und: Fördert die alternative Walddüngung! Diese letzte Forderung war Torleifs Vorschlag. Keiner von uns hat kapiert, was er eigentlich damit meint. Daher mußte Torleif zwei Meter hinter uns marschieren und so tun, als wäre er ein Fremder. Arne mußte auch hinter uns demonstrieren. Er trug ein fünf Meter hohes Plakat mit der Forderung: Stoppt die Wurmquälerei – Angler angeln mit Avocados.
Eine Sache an der Demo fand ich komisch. Die Leute sahen alle so fröhlich aus. Das gehört sich doch nicht. Wenn man demonstriert, muß man zornig und arm sein. Das war aber überhaupt nicht der Fall. Ich hab eine Menge fetter Demonstranten gesehen, die sehr gut angezogen waren.

Als wir *Auf zum Kampf, Kameraden* singen wollten, sangen wir *Lauter Krampf und Kuhfladen*, weil wir den Text nicht konnten. Da wurden wir entdeckt und davongejagt.

Alles okeh – Kartoffelpüreh

Mittwoch, 3. Mai

Halli hallo, Tagebuch!
Gestern hatte ich mir vorgenommen, einen stillen, friedlichen Tag zu Hause zu verbringen, das heißt, ich wollte den ganzen Tag im Bett bleiben und die Sachen einfach mal ohne mich passieren lassen. Die Vorbereitungen für diesen Tag waren anstrengend. Ich mußte für Essen und Unterhaltung sorgen, beides sollte den ganzen Dienstag reichen. Bettfreundliches Essen ist: Flaschensuppe. Aber da keine Suppe mehr im Haus war, begnügte ich mich statt dessen mit zehn Knäckebroten, belegt mit Senfhering.
Bettfreundliche Unterhaltung besteht aus: Comics lesen und Flecken an der Decke anstarren. Ich hatte mir einen besonders faszinierenden Fleck zum Anstarren ausgesucht. Leider flog der Fleck davon. Er war nämlich eine Schmeißfliege.
Nur mit *einer* Sache hatte ich unter keinen Umständen ge-

rechnet, und das war Besuch. Meine hübsche sechzehnjährige Nachbarin Anki schaute zu mir rein, weil sie ein paar von meinen Platten aufnehmen wollte.
»Bitte, bedien dich«, murmelte ich.
Anki trug dünne weiße Hosen. Und als sie sich bückte, um die Platten einzusammeln, konnte ich ihr direkt in die Hose gucken. Dummerweise habe ich morgens einen sehr lebhaften Körper. Vor allem die mittlere Partie. Als Anki auch noch anfing, zur Musik zu tanzen, erhob sich meine mittlere Körperpartie. Mein Gesicht verfärbte sich ketchupmäßig, und meine Bettdecke schien den Tag der Fahnenstange zu feiern. Mein Elend war total und komplett. Ich hatte einen Morgenständer.

Alles okeh – Kartoffelpüreh

Donnerstag, 4. Mai

Halli hallo, Tagebuch!
Jesus Christ flight number one wird in ungefähr zehn Minuten abheben. Es wird gebeten, Platz zu nehmen.
Amen.
Heute ist Himmelfahrt, also der Tag, an dem Jesus in den Himmel rauffuhr. Na ja, er wurde natürlich nicht in die Luft gejagt oder so, sondern sein Urlaub hier auf der Erde

war zu Ende, und jetzt mußte er beim lieben Gott, seinem alten Herrn, wieder eine Stelle antreten, irgendeine Friedensmission oder so was. Möchte nur wissen, wie Jesus da raufkam. Oma, die laut Papa eine religiöse Fanatikerin ist, behauptet, die Engel hätten ihn geholt.
An Himmelfahrt stellt Oma sich immer ans Fenster und winkt zum Himmel rauf. Einmal hat sie mich gezwungen, mich neben sie zu stellen und mit den Armen in der Luft rumzufuchteln. Da lief unterhalb vom Fenster zufällig irgend so ein Penner vorbei und erkundigte sich, ob ich Hilfe bräuchte.
»Soll ich dich von der Schreckschraube befreien?« rief er.
Dann begann er, Oma mit Steinen zu bewerfen.
»Wir feiern das Gedächtnis an Christi Himmelfahrt«, sagte Oma mit wichtiger Miene.
»Da braucht man doch heute nicht mehr hier rumstehen und hinterherzuwinken«, rief der Penner. »Der ist doch schon vor zweitausend Jahren davongeflogen!«

Alles okeh – Kartoffelpüreh

Freitag, 5. Mai

Halli hallo, Tagebuch!
Gestern hab ich Alfred Panatta besucht, unseren neuesten Nachbarn. Alfreds Eltern kommen aus Italien, sprechen aber fließend nordschwedischen Dialekt. Ich hatte keine Ahnung, daß Nordschwedisch und Italienisch so ähnlich klingen.
Alfred ist ein echt irrer Typ. Er kann in seinen Achselhöhlen Orangen zerquetschen. Auf diesem Gebiet bin ich eine totale Niete. Alfred hat versucht, es mir beizubringen. Zuerst machten wir einen Test mit Eiern. Da mußte ich erst mal zu mir raufgehen und mich umziehen. Dann setzte er den Unterricht fort. Bin noch nicht ganz perfekt, aber nachdem ich mit achtundzwanzig Apfelsinen trainiert habe, kann ich jetzt ohne größere Schwierigkeiten eine Clementine zerquetschen.
Als wir mit dem Orangenquetschen fertig waren, bot Alfred mir Knoblauchkäse und frischgepreßten Orangensaft an. Ich hasse Knoblauchkäse, wagte aber nicht, nein zu sagen. Das hätte Alfred vielleicht übelgenommen, und dann hätte er meine Birne in seiner Achselhöhle zerquetscht. Ich stopfte mir den Mund voller Knoblauchkäse, dann sagte ich:
»Muß auf den Lokus, pinkeln.«
Draußen auf dem Klo spuckte ich den Käse aus und ahmte

mit dem Mund einen Pinkelstrahl nach, so daß Alfred es hörte. Alfred fiel voll auf meinen Trick rein. Als ich zurückkam, sagte er:
»Warum hast du nicht gleich gesagt, daß du keinen Knoblauchkäse magst? Du hättest doch auch Paprikakäse essen können, genau wie ich!«

Alles okeh – Kartoffelpüreh

Samstag, 6. Mai

Halli hallo, Tagebuch!
Jetzt sperr die Ohren gut auf, mein liebes Tagebuch! In der Stadt ist ein echt sensationelles Verbrechen verübt worden. Heute nacht hat irgend jemand Nilssons Kartoffellager in Brand gesteckt. Vermutlich jemand, der auf Pommes frites scharf war.
Die Polizei glaubt, es handelt sich um Brandstiftung. Ist doch logo, eine Stiftung für Tausende von Pommes-frites-Fans!
Bis jetzt keine Hinweise auf irgendwelche Verdächtigen. Aber ich weiß Bescheid! Mit 126prozentiger Sicherheit weiß ich, wer der Brandstifter ist – nämlich Jörgen Karlsson aus der 6 B. Mein Todfeind. Er hatte einen Praktikanten-Platz bei der Feuerwehr und kennt sich daher bestens

aus mit allem, was mit Feuer und Feuerwehr zu tun hat. Warum fahren die Kripoleute nicht direkt zu Jörgen nach Hause und überprüfen seine Finger? Bestimmt würden sie Mikrospuren von Kartoffeln und Zündhölzern finden.
Am Montag fängt die Schule wieder an. Da kann ich den Verdächtigen wenigstens selbst im Auge behalten. Ich habe vor, im Aufenthaltsraum ein paar Kartoffeln anzuzünden und Jörgen zu fragen, ob er die Brandsituation wiedererkennt. Dann stell ich zwei Typen neben Jörgen, die ihm ähnlich sehen, und laß die Kartoffeln, die das mörderische Feuer überlebt haben, auf den Schuldigen zeigen. Allerdings gibt's da ein Problem. Den Kartoffeln fällt's vielleicht schwer, auf den Täter zu zeigen. Sie haben ja keine Arme.

Alles okeh – angebranntes Kartoffelpüreh

Sonntag, 7. Mai

Halli hallo, Tagebuch!
Niemand hat mich gesehen. Ich kann es beschwören. Das hier wird also nicht an die Öffentlichkeit kommen. Gestern wurde ich gefoltert. Das heißt, ich hab zum erstenmal mit Tante Lenas Tanzgruppe geprobt. Die Gruppe bestand aus mir und zwölf Weibern. Eins dieser Weiber ist zufällig das

hinreißendste Geschöpf der Welt. Paulina Hlinka aus der 6 B. Mein Herz raste vor Entzücken, mein Hirn löste sich auf, und meine Hände badeten in Schweiß, als ich Paulina gleich zu Anfang hochheben sollte. Ich war anmutig und geschmeidig wie ein Elch.
Als die leichtbekleidete schöne Paulina in meine Arme springen sollte, verwandelten sich meine Hände in Schweißfabriken. Meine klitschnassen Briketts rutschten ab und ließen Paulina auf den Boden plumpsen. Sie fiel

schwer wie ein Kartoffelsack. O welch ein Elend!
Mein Leben hatte seinen Sinn verloren, und ich überlegte, ob ich nicht lieber gleich in die Dusche rausschleichen und meine Lungen mit Wasser füllen sollte.
Paulina behauptete, es hätte ihr gar nichts ausgemacht. Sie hätte sich nur den Rücken ein bißchen weh getan, also bot ich an, ihr den Rücken zu massieren.
»Ha ha ha«, feixten die übrigen Weiber. »Willst sie wohl drücken, was?«
»Nein, lieber mich verdrücken«, sagte ich schnell und verzog mich zur Dusche.

Nix ist okeh – Leberpüreh

Montag, 8. Mai

Halli hallo, Tagebuch!
Heute fängt die Schule wieder an. Vor mir liegt eine riskante Zeit. Wenn das jemand erfährt, daß ich vorgestern bei der ersten Tanzprobe war, einer von den Jungs, meine ich. Dann bin ich der öffentliche Dorftrottel, muß auf dem Marktplatz hocken, mit dem Schädel wackeln und dämliche Ballettschritte vorführen. Es ist ja allgemein bekannt, daß es Jungs strengstens verboten ist, sich in Tanzschulen

aufzuhalten, noch verbotener ist es natürlich, sich körperlich dem Tanze hinzugeben.
Aber meine Qualen sind es vielleicht wert! Wenn! Wenn nämlich Paulina Hlinka sich in mich verknallt, weil ich jetzt so ein charmanter Tanzpartner geworden bin. Ich glaube, ich muß Tante Lena sagen, daß es künstlerisch wertvoll wäre, wenn einer ihrer Ballettschüler, ein Junge zum Beispiel, Wange an Wange mit Paulina tanzen würde.
Übrigens hab ich mal was von einem Ding gehört, das sich »Nacktballett« nennt. Das wär vielleicht was. Stell dir mal vor, Tagebuch, Bert Ljung tanzt nackt mit zwölf anmutigen nackten Mädchen auf einer Bühne. Na, vielleicht wäre es doch noch zu überlegen, ob ich nicht doch öffentlicher Dorftrottel werden soll.

Alles okeh – Kartoffelpüreh

Dienstag, 9. Mai

Halli hallo, Tagebuch!
Gestern war ein ganz normaler Tag – für die meisten. Für meinen Kumpel Arne Nordin war es ein besonderer Tag. Er hatte Namenstag. Als wir am Montagmorgen in die Schule kamen, war die ganze Schule mit Schildern und

selbstgebastelten Plakaten geschmückt. Auf acht Plakaten stand: ARNE, DER ALLSEITS BELIEBTE SUPERTYP, HAT HEUTE NAMENSTAG. FREIWILLIGE GESCHENKE KÖNNEN UM ZWEI UHR IN DER TURNHALLE ABGEGEBEN WERDEN! BESTEN DANK IM VORAUS! Auf den restlichen Schildern stand: ES LEBE ARNE!

Arne ist schon immer ein bescheidener Mensch gewesen. Nach der Schule ging ich zur Turnhalle rüber, um den Stand der Geschenkeflut zu inspizieren. Arne hockte auf einem Kasten und machte ein trauriges Gesicht. Er hatte nicht ein einziges Namenstagsgeschenk gekriegt.

»Das ist der Dank«, piepste Arne. »Und dabei hatte ich vor, allen Gästen kostenlos ein Glas Wasser anzubieten.«

Dann begann Arne zu heulen. Ich tröstete ihn und sagte: »Nächstes Mal hast du bestimmt mehr Glück!«

Da schrie Arne vor Verzweiflung und begann, etwas von lebensgefährlichen Tabletten und Selbstvernichtung zu murmeln. Ich schenkte ihm eine Krone und einen Lottoschein.

Alles okeh – Kartoffelpüreh

Mittwoch, 10. Mai

Halli hallo, Tagebuch!
Ende Mai fahren die Sechstkläßler ins Schullandheim. Manchmal braucht man etwas Glück. Und das haben wir gehabt. Wir haben in einem Waschmittelpreisausschreiben zehntausend Kronen gewonnen. Jetzt fehlen nur noch sechshundert, dann können wir uns auf den Weg machen. Wir hoffen sehr, daß unser geplantes Projekt am Freitag gut Kohle bringt. DISCO!!!
Es soll eine Tanzveranstaltung für die reifere Jugend werden. Ich habe mich um den Job als Discjockey beworben. Siebenundzwanzig weitere Personen bewarben sich ebenfalls. Immerhin kam ich auf Platz achtundzwanzig, als der Discjockey gewählt wurde. Offensichtlich ist mein Vorschlag, ausschließlich ungarische Zigeunermusik mit Geigen und Ziehharmonika zu spielen, bei den anderen nicht so richtig angekommen. Statt dessen wurde mir die Aufgabe übertragen, Popcorn zu verkaufen.
Und ganz zum Schluß – eine aufregende Neuigkeit! Unsere Rockgruppe HEMAN HUNTERS wird bei der Disco spielen. UNSER ERSTER AUFTRITT!!! Da müssen wir jeden Abend üben. Für Erik wird's anstrengend. Er muß nämlich ein achtunddreißig Minuten langes Schlagzeugsolo hinlegen. Wird bestimmt ein Superhit!
Das erste Stück, das wir spielen werden, heißt *I take the*

night. Das zweite Stück heißt *I take the night mit Schlagzeugsolo*. Das dritte Stück heißt *I take the night ohne Baß, nur mit Trompete*. Danach erfüllen wir Publikumswünsche, aber nur, wenn sie sich *I take the night* mit HEMAN HUNTERS wünschen.

Alles okeh – Kartoffelpüreh

Donnerstag, 11. Mai

Halli hallo, Tagebuch!
Hurra und jippijeeh!! Es kommt nicht allzuoft vor, daß man an seinen Eltern Freude hat. Aber ich kann mich wenigstens über die Verwandten von meinem Alten freuen. Onkel Jan in New York, zum Beispiel. Onkel Jan ist inzwischen beinahe Amerikaner geworden. Und darum ist er stinkreich. Vermutlich haben sie in den Staaten ein Projekt für Entwicklungsländer gestartet. Onkel Jan hat nämlich die arme Familie Ljung zum Badeurlaub eingeladen – nach JAMAIKA. Die einzige Bedingung ist, daß wir auf eigene Kosten nach New York kommen und ihn dort besuchen. Mein Alter überlegte sofort, ob er eine Segeljolle ausleihen soll, um den Atlantik ohne größere Unkosten überqueren zu können. Er fing schon an, eine Proviantliste zu machen, als Mama mit Scheidung drohte. Also wird Papa wohl zur

Bank gehen und Geld leihen müssen, damit wir uns den Flug leisten können.
Stell dir vor, Tagebuch. Zum erstenmal in meinem Leben werde ich fliegen. Das heißt, geflogen bin ich schon oft, nämlich jedesmal, wenn ich an Paulina denke. Dann fliege ich höher als das ganze Universum. Hoffentlich fliegt die New-York-Maschine nicht ganz so hoch.

Alles okeh – Kartoffelpüreh

Freitag, 12. Mai

Halli hallo, Tagebuch!
Tonight platzt die Bombe! Die Sechstkläßler der Beckaschule lassen eine fetzige Superdisco steigen. Alle Vorbereitungen sind getroffen. Arne ist auf dem Polizeirevier gewesen und hat sich ein Alkoholtestgerät ausgeliehen. Unsere Lehrerin hielt das für unnötig, weil Schüler in unserem Alter fast nie alkoholisiert seien.
»Na, wenn das so ist, kann ich mir ja ruhig ein paar Liter hinter die Binde kippen«, sagte Arne dickköpfig, bevor er das Testgerät zurückbringen mußte.
Ich selber hab maximal vorgesorgt. Ich soll Popcornverkäufer sein. Allerdings ziehe ich es vor, mich als Verkaufsdirektor zu bezeichnen. Gestern hab ich Popcornpoppen

geübt. Die ersten 21 Tüten gingen gut, aber als ich dann versuchshalber die Popcorns in der Bratpfanne poppte, ging alles echt schief. Der ganze Boden war mit Popcorn bedeckt. Ich sah ein, daß es mühselig werden würde, alle Körner selbst einzusammeln, daher stellte ich mich auf den Balkon und versuchte, ein paar Spatzen reinzulocken, die ein bißchen auf dem Boden rumhüpfen und picken sollten. Kein einziger verdammter Vogel hatte Lust, sich zu zeigen, also mußte ich die ganze Aufräumarbeit selbst besorgen. Um zehn vor zwei heute morgen war ich fertig. Als ich vorhin aufwachte, war ich allerdings noch mehr fertig. Unter meinen Augen entdeckte ich mindestens vierzehn Tränensäcke. Hoffentlich sind die bis heute abend verschwunden. Dann will ich Paulina auffordern. Sonst gibt sie mir einen Korb:
»Nein, danke, Alterchen. Mit Rentnern tanz ich nicht.«

Alles okeh – Popcornpüreh

Samstag, 13. Mai

Halli hallo, Tagebuch!
Ich hab solche Bauchschmerzen. Ich könnte kübeln, bis ich vierzehn werde. Der Grund: Popcorn. Nicht nur eine oder drei Tüten, sondern vierzig. Gestern bei der Disco hab ich 67 % der totalen Popcornmenge der Sechstkläßler verdrückt. Wenn ich jetzt keinen Dünnschiß krieg, dann krieg ich nie welchen.
Und die Disco? Total tote Hose. Erstens kamen anfangs auffallend wenig Leute. Die wenigen, die reintröpfelten, hatten alle auffallend wassergekämmtes Haar. Sogar Kirsten, die normalerweise einen krausen Busch auf dem Kopf hat. Schließlich kamen wir der Sache auf die Spur. Jörgen Karlsson, der Türhüter sein sollte, hatte allen gesagt, sie dürften nicht rein, wenn ihre Haare nicht mit Wasser gekämmt wären. Und die wenigen, die es schafften reinzukommen, wurden schnell wieder von ihm rausgeworfen, damit sie neuen Eintritt zahlen mußten.
Über den Auftritt der HEMAN HUNTERS sollte man lieber nicht allzu viele Worte verlieren. Gestern wurde nämlich genügend gesagt. Bereits nach einer halben Nummer verlangten die Leute ihr Geld zurück. Sie sagten, sie würden die Rechnung vom Ohrenarzt an die HEMAN HUNTERS schicken. Neun von zehn behaupteten, sie hätten von der trommelfellfeindlichen Lautstärke der HEMAN

HUNTERS chronisches Ohrensausen gekriegt. Es gab nur fünf Personen, die wollten, daß die HEMAN HUNTERS weiterspielten – nämlich die fünf Mitglieder der HEMAN HUNTERS.

Nix ist okeh – Popcornpüreh

Sonntag, 14. Mai

Halli hallo, Tagebuch!
Heute ist Sonntag. Eigentlich sollte ich jetzt schlafen, aber ich muß dir, liebes Tagebuch, erzählen, was am Freitag in unserer Disco noch alles passierte, nachdem das Publikum den HEMAN HUNTERS ihr Menschenrecht verweigert hatte, Rockän'roll zu spielen. Wir fünf hingen erst mal ein paar Minuten deprimiert in der Gegend herum, dann war es an der Zeit, Bräute aufzureißen. Erik hatte einen echten Leckerbissen mit Pferdeschwanz erspechtet. Er stakste hin und fragte, ob sie tanzen wolle.
»Verpiß dich!« antwortete eine Stimmbruchstimme.
Der Leckerbissen war ein Junge. Jetzt wagte niemand mehr, mit Erik zu verkehren. Ich selbst war nur an einer einzigen Sache interessiert. Vielleicht nicht direkt an einer Sache, sondern an einem Mädchen, PAULINA!!! Schon von Anfang an hing etwas *Bedrohliches* in der Luft. Während

ich in meiner Ecke stand und Popcorn zu verkaufen versuchte, machte Paulina mir schöne Augen und zwinkerte mir zu. Ich brodelte vor Liebe. Paulina beugte sich zu mir vor, ich kapierte den Fingerzeig sofort und nahm eine perfekte Kußhaltung ein. Da sagte Paulina:
»Mensch, schmeiß doch dieses scheußliche Popcornzeug weg! Ich bin allergisch gegen Popcorn und krieg davon trockene Augen und muß dauernd zwinkern.«
Mein nach Romantik schmachtender Körper erlitt einen Kollaps. Ich wurde so schwach, daß ich mich unter der Discoanlage hinlegen mußte, bis wir dichtmachten.

Alles okeh – Popcornpüreh

Montag, 15. Mai

Halli hallo, Tagebuch!
Gestern war Sonntag. Ein beinahe ganz normaler Sonntag, bis auf eine Ausnahme. Oma. Meine Eltern waren der Ansicht, wir hätten Oma schon längere Zeit nicht besucht. Ich wurde abkommandiert, bei ihr zu essen. Das war sehr anstrengend. Oma zwang mich freundlich dazu, halbgares Schweinefleisch mit alten Kartoffeln runterzuwürgen. Ich muß gestehen, daß ich kein allzu großer Freund von halbgarem Schweinefleisch bin, vor allem nicht von der Speck-

schwarte. Oma dagegen! Beim Essen schielte sie die ganze Zeit heimlich zu der Speckschwarte rüber, die ich abschnitt.
Nun werde ich eine schockierende Tatsache über Oma verraten! Oma ißt heimlich draußen in der Küche die Reste auf. Dann scharrt sie ein bißchen mit den Tellern rum, damit man glaubt, sie tut die Reste in den Abfalleimer. Aber in Wirklichkeit schlingt sie alles, was man übrigläßt, in sich rein.
Gestern hab ich die Speckschwarte für Oma präpariert. Hab eine Extraportion Salz draufgestreut. Ungefähr das halbe Salzfäßchen. Als Oma die Reste in die Küche getragen hatte, schlich ich hinter ihr her, um das Schauspiel nicht zu verpassen. Oma nahm die ganze Speckschwarte, die ich übriggelassen hatte, und warf sie sich in den Schlund. Eine Sekunde verstrich. Dann kam es:
»WWWHHAAAAAA!!!! ICH STEEEERBE!!!«
Mein Trick hat funktioniert. Oma sagte, ich brauch sie mindestens zwölf Jahre lang nicht mehr zu besuchen.

Alles okeh – Speckschwartenpüreh

Dienstag, 16. Mai

Halli hallo, Tagebuch!
Jetzt dauert es nicht mehr lange, bald bin ich Rentner. Ich hab etwas sehr Wichtiges ausgerechnet. Ich hab ausgerechnet, daß nur noch neunzehn Schultage übrig sind. Von diesen neunzehn sind einer ein freier Studientag und einer ein Sporttag. Die letzte Schulwoche ist außerdem meistens echt cool. Man läuft durch die Gegend und macht einen beschäftigten Eindruck, als müßte man aufräumen oder so.
Nach den Sommerferien ist meine Kindheit zu Ende. Dann komme ich in die siebte Klasse zu den Großen und muß mir einen Schnurrbart zulegen.
Eine Sache macht mir Sorgen: Mit meinem Stimmbruch ist es noch nichts. Vorläufig piepse ich noch wie ein Erstkläßler, vom klangvollen Röhren eines erwachsenen Neuntkläßlers bin ich noch weit entfernt. Das sind schlechte Voraussetzungen für die Siebte. Vielleicht werden die anderen mich nur noch Fräulein Bert nennen. Angeblich kriegt man eine tiefe Stimme, wenn man Kamelhirn ißt. Kamelhirn! Vielleicht ist es doch nicht so schlimm, mit einem Mädchen verwechselt zu werden.

Nix ist okeh – Kamelhirnpüreh

Donnerstag, 18. Mai

Halli hallo, Tagebuch!
Mein knickriger Freund Erik hat heute Namenstag. Er hat alle HEMAN HUNTERS zu einer Fete eingeladen. Er sagte, wir sollten Torten, Kuchen und Gebäck selbst mitbringen, dann würde er etwas Wasser beisteuern.
»Dürfen wir deine Gläser benutzen, oder sollen wir eigene mitbringen?« brummte Torleif verärgert.
»Eigentlich ist es mir lieber, wenn ich hinterher nicht spülen muß, also bringt bitte ein paar Plastikbecher mit. Einen für mich, dann brauch ich keinen zu kaufen.«
HEMAN HUNTERS waren stinkwütend über Eriks Geiz. Wir überlegten, ob wir Erik aus der Band schmeißen und durch eine Schlagzeugmaschine ersetzen sollten. Oder vielleicht sollten wir ihm eine Torte mit Zyankali und Arsen mitbringen. Allerdings würden wir dann ja selbst auch draufgehen, wenn wir davon aßen. Also ließen wir es lieber.
Ich persönlich werde Erik nicht zum Namenstag gratulieren und ihm kein bißchen schenken. Der Grund: Er hat mir auch nicht gratuliert, als ich Namenstag hatte, und mir kein bißchen geschenkt. Aber ich geh trotzdem hin und stopf mich voll, obwohl ich überhaupt keinen Kohldampf hab.

Alles okeh – Kartoffelpüreh

Freitag, 19. Mai

Halli hallo, Tagebuch!
Hab Millionen in den Händen gehalten! Gestern hat die Klasse Klassenkassensturz gemacht. Wir haben genügend Kies fürs Schullandheim zusammengescharrt. Wir fahren nach Lillesund. Dort ist bestimmt pausenlos Highlife und Remmidemmi. Ich rechne eiskalt damit, jeden Tag in der Disco zu sein.
Nächstes Wochenende fahren wir hin. Eine der erfreulichsten Einzelheiten ist, daß Lillesund aus lauter einzelnen Häuschen besteht, und in jedem Häuschen darf eine Highlife-Band ganz für sich allein wohnen. Unsere Highlife-Band besteht aus: mir, Arne, Erik und Björna. Aber wenn wir erst dort sind, nennen wir uns Charmebolzen-Berra, Spitzenklasse-Arne, Erik der Große und Martin. Björna war nicht dabei, als wir die Namen bestimmten.
Eine andere Remmidemmi-Bande macht uns Konkurrenz – Benny, Torleif und Nicke. Sie wollen sich im Schullandheim die Drei Schönlinge nennen.
Eine Ausnahme teilt mit ihnen das Haus – Ragnar. Er kann die Voraussetzungen für die Aufnahme in die Drei Schönlinge leider nicht erfüllen. Ragnar ist zu häßlich und außerdem ziemlich dick. Er gehört zu den Jungen, die die Aufgabe auf sich genommen haben, sich in der Schule triezen zu lassen. Es ist mir unbegreiflich, daß man eine solche

Aufgabe freiwillig auf sich nimmt. Aber vielleicht ist es doch nicht ganz freiwillig...

Alles okeh – Kartoffelpüreh

Samstag, 20. Mai

Halli hallo, Tagebuch!
Schande über sämtliche Kulturbanausen! Gestern nahmen HEMAN HUNTERS unten im Übungsraum eine kulturelle Aufgabe wahr. Alles lief bestens, und wir spielten, was das Zeug hielt. Ich probierte eine neue Baßtechnik aus – das heißt, ich schlug bei höchster Lautstärke auf sämtliche Saiten gleichzeitig. Es klang wie ein Düsenjäger. Das schien der olle Björkman auch zu finden. Er kam angedüst und verlangte, daß wir mit dem Krach aufhören sollten.
»Wir nehmen eine kulturelle Aufgabe wahr«, klärte Arne ihn auf.
»Ich würde das eher als Unkultur bezeichnen«, sagte Björkman. »Ihr könnt ja nicht mal eine Melodie spielen.«
Wir wollten wissen, was er unter »Melodie« versteht. Nach einer kurzen Diskussion, die anderthalb Stunden dauerte, kamen wir zu dem Ergebnis, daß wir vielleicht Melodien in unsere Musik einführen würden. Der olle

Björkman wollte es schriftlich haben. Wir behaupteten, wir wären Analphabeten.
Herr Panatta wollte auch was Schriftliches von uns. Er ließ sich von uns allen Autogramme geben, die er seiner Verwandtschaft in Italien schicken will. Arne weigerte sich, ihm ein Autogramm zu geben. Er hielt es für eine Art Vertrag.
Dann sang Herr Panatta ein Stück aus *O Sole Mio*. Da konterten wir mit einer Hardrockballade. Daraufhin meinte Herr Panatta, daß er die Autogramme vielleicht doch lieber nicht runterschickt.

Alles okeh – Kartoffelpüreh

Sonntag, 21. Mai

Halli hallo, Tagebuch!
Bin mit Frühlingsgefühlen aus meinem Schönheitsschlaf erwacht. Der Frühling ist lieblich und schön, und er hat Wunder bei mir bewirkt. Ich bin im Morgengrauen aufgestanden und hab die Blumen meiner Mutter begossen. Das war eine total neue Erfahrung. Hab bisher noch nie Blumen gegossen. Ich weiß, daß man mit Blumen sprechen muß, während man sie pflegt. Aber ich hatte ihnen nichts

zu sagen. Also nahm ich die Zeitung und las den Geranien die Lottozahlen vor. Mama kam aus dem Schlafzimmer und wollte wissen, was ich treibe. Als sie sah, daß ich die Blumen goß, war sie so geschockt, daß sie sich hinsetzen mußte.

»Liebes Mütterlein«, sagte ich, »ich habe eine umwerfende Blumenerfindung gemacht. Wenn man jede Blume mit zwei bis drei Litern gießt, braucht sie nur einmal im Monat Wasser.«

Mama seufzte, kehrte ins Schlafzimmer zurück und schloß die Tür. Nehme an, daß die Rührung über meine gute Tat sie umgehauen hat.

Alles okeh – Kartoffelpüreh

Montag, 22. Mai

Halli hallo, Tagebuch!

Heute nimmt unsere Schule an einem sozialen und wirtschaftlichen Experiment teil. Der ganze Tag ist den Ländern der Dritten Welt gewidmet. Die Schule wird in vier Gruppen aufgeteilt, die den Ländern der Erde entsprechen. Interessant. Das Los entscheidet, zu welcher Gruppe man gehört. Folgende Gruppen gibt es:

1. Totales Entwicklungsland
2. Gemäßigtes Entwicklungsland
3. Beinahe Industrienation
4. Stinkreiche Industrienation

Einer dieser Gruppen müssen wir dann den ganzen Tag angehören. Auch beim Essen. Wenn man zu einem totalen Entwicklungsland gehört, kriegt man fast nichts zu essen. Wenn man eine stinkreiche Industrienation ist, darf man soviel essen, wie man will. Arne hat sich vorgenommen zu schwänzen. Er will keiner fremden Nation angehören. »Ich halte dem schwedischen König die Treue«, wie er immer sagt.

Wenn ich ein Entwicklungsland werden sollte, will ich versuchen, die Tanten von der Essensausgabe zu bestechen. Womit kann man so eine Essenstante wohl am besten bestechen? Mit einem neuen Hut oder einem Kochbuch? Einmal haben Arne und ich ein Kochbuch geschrieben – Das Wasserkochbuch. Es enthielt verschiedene Wasserrezepte. Wasser im Becher, in der Flasche, auf dem Teller oder in einem feuchten Lumpen. Würzen kann man es mit Eiswürfeln. Guten Appetit!

Alles okeh – Wasserpüreh

Dienstag, 23. Mai

Halli hallo, Tagebuch!
Verflixt und hundertmal zugenäht! Vor Hunger ist mir so schwindelig, daß ich wahrscheinlich gar nicht schreiben kann. Aber ich will es mal versuchen.
Bin wirklich nicht unter einem Glücksstern geboren. Landete in der Gruppe totales Entwicklungsland. Das heißt, ich war bettelarm. Zum Mittagessen bekamen wir totalen Entwicklungsländer nur eine halbe Schüssel Reis. Ich versuchte, mich zu den stinkreichen Industrienationen zu setzen, aber mein ehemaliger Kumpel Arne, der zur Gruppe der Industrienationen gehörte, verriet mich.

Pauline gehörte zur Gruppe der gemäßigten Entwicklungsländer. Sie bekam eine ganze Schüssel Reis und einen Apfel. Als sie mich hungernd auf dem Boden umherkriechen und bei den Reichen betteln sah, schenkte sie mir einen halben Apfel.
»Ein Blinder hilft einem Blinden!« brüllte Arne und biß in seinen fetttriefenden Hamburger.
Jörgen Karlsson gehörte zu meiner Gruppe. Er hatte vorgesorgt und zwölf Frankfurter Würstchen reingeschmuggelt. Und ob du es glaubst oder nicht, Tagebuch, aber er hat mir ein Würstchen abgegeben. Mein Todfeind war freundlich zu mir!

»Wir Habenichtse müssen zusammenhalten«, sagte Jörgen.
Es gibt noch Hoffnung für die Menschheit.

Alles okeh – Reispüreh

Mittwoch, 24. Mai

Halli hallo, Tagebuch!
Jetzt ist es bald soweit. Nur noch zwei Tage bis zum Schullandheim. Wenn ich daran denke, fängt mein Magen an, Aufzug zu fahren. Ich krieg eine Gänsehaut, und mein Schädel bebt. Ich bin nervös. Mein sensibler Körper ist es nicht gewöhnt, ein Leben in der Wildnis zu führen und rund um die Uhr Remmidemmi zu machen. Wie soll ich zwei ganze Tage ohne Badewanne auskommen? Was mach ich, wenn ich irgendwo im Urwald von einem Elch aufgefressen oder mit einem Biber verheiratet werde? Am besten, ich mache mein Testament, bevor ich abreise.
Testament: Wenn ich von einem Elch aufgefressen oder mit einem Biber verheiratet werde, tritt dieses Testament in Kraft. Erstens muß dieses Tagebuch verbrannt werden. Meine Gedanken und Ansichten dürfen nicht an die Öffentlichkeit gelangen. Wenn jemand lesen würde, was ich geschrieben habe, würde ich mich zu Tode schämen. Zwei-

tens wär das Wurscht. Weil ich dann ja schon tot bin. Und falls ich drittens wichtige Post kriegen sollte, könnt ihr sie in den Elchmagen oder in die Biberwohnung nachschicken. Viertens vermache ich alles, was ich besitze, meiner kleinen Schwester.
Hahaha! Ich hab gar keine kleine Schwester. Papa und Mama werden sich eben eine zulegen müssen, um an mein Erbe rankommen zu können. Noch einmal, hahaha. Ich lache aus meinem Grab.
Dies war mein Testament.

Alles okeh – Kartoffelpüreh

Donnerstag, 25. Mai

Halli hallo, Tagebuch!
Heute kriegen wir Besuch von Fremdlingen in unserer Klasse. Natürlich keine Fremdlinge von einem anderen Planeten. Nur fast. Die Fremdlinge sind die Klasse 6 der Österbergsschule. Das Schlimme an der ganzen Sache ist, daß diese Fremdlinge in der Siebten in unsere Klasse kommen werden. Die Fremdlinge sind 15, und wir sind 14. Aber vielleicht sind *wir* diejenigen, die in *ihre* Klasse kommen, immerhin sind sie ja eine Person mehr als wir.
Gestern hatten wir eine Krisensitzung, um die Zusammen-

legung zu diskutieren. Björna war der Ansicht, wir seien psychologisch im Nachteil, und schlug vor, daß wir heute zwei von den anderen eliminieren sollten. Die Mädchen in der Klasse wollten wissen, wie viele Jungs dazukommen. Wir Jungs wurden sauer und wollten wissen, ob wir nicht mehr gut genug seien. Dann rächten wir uns und fragten, wie viele Mädchen kommen würden. Arne fragte Frau Puttin, ob es in der Österbergsschule auch Leute gibt, die sich für Würmer interessieren. Das wußte Frau Puttin nicht. Aber eins wußte sie. Nämlich, daß wir zu unseren neuen Kameraden freundlich sein sollten.
»Kameraden?« fragte Erik beunruhigt. »Sind das etwa lauter Sozis?«
Erik ist stinkkonservativ, und sein Vater hat Angst, von den Sozis enteignet zu werden.

Alles okeh – Kartoffelpüreh

Freitag, 26. Mai

Halli hallo, Tagebuch!
Gestern war ordentlich was los! Die Klasse 6 der Österbergsschule hat uns besucht. Arne hatte eine Begrüßungsansprache geschrieben. Nach achtzehn Minuten unterbrach Frau Puttin ihn.

»Aber ich hab doch erst zwei Seiten von zweiundfünfzig vorgelesen«, protestierte Arne beleidigt.
Da bat Frau Puttin ihn, neue Leuchtröhren fürs Klassenzimmer zu holen. Zufälligerweise gibt es die nur ganz hinten im Keller bei den Neuntkläßlern.
Die neuen Mitschüler waren interessant. Ich registrierte drei hübsche Mädchen, mit denen ich mir eine Romanze vorstellen könnte. Eine von ihnen hieß Banana – glaubte ich.
Ich wollte ihr zeigen, wie der Diaprojektor funktioniert, und sie damit auch ein wenig beeindrucken.

»Schau mal her, Banana«, rief ich.
»Tut mir leid, aber ich heiße Jaana«, sagte sie und warf mir einen Blick zu, der mich zu Eis erstarren ließ.
Nachdem ich wieder aufgetaut war, unterhielt ich mich mit einem Jungen aus der Österbergsschule. Er hieß Persson, wurde aber Jansson genannt. Wahrscheinlich hatte er einen kleinen Sprung in der Schüssel. Auf jeden Fall zuckte er dauernd mit dem Gesicht.
»Warum zwinkerst du die ganze Zeit?« fragte ich gereizt.
»Tut mir leid, das ist eine Art Krankheit«, sagte Persson-Jansson und sah traurig aus.
Da ging ich in den Keller und half Arne, Leuchtröhren zu tragen.

Alles okeh – Kartoffelpüreh

Samstag, 27. Mai

Halli hallo, Tagebuch!
Du führst ein lebensgefährliches Dasein, mein liebes Tagebuch. Ich habe dich deinem vertrauten Zuhause entrissen. Jetzt hocke ich im Schullandheim auf dem Scheißhaus und schreibe heimlich Tagebuch. Hier auf dem Lokus riecht es geradezu himmlisch im Vergleich zu unserer Bude.

Wir sind vier Mann in der Bude – ich, Arne, Erik und leider auch Björna. Als wir gestern ankamen, ahnten wir noch nicht, was für eine Katastrophe uns bevorstand. Björna hat Schweißfüße. Seine Füße produzieren unendliche Mengen stinkender Säure. Sie sondern so viel Giftschweiß ab, daß man meinen könnte, er hätte Schuhgröße 54. Wir müssen pausenlos lüften. Heute nacht hatten wir nur zwei Grad im Zimmer. Arne wäre fast erfroren und war kurz davor, einen hysterischen Anfall zu bekommen. Er wollte Björna sämtliche Zehen abschneiden und sie in die Natur rauswerfen. Da erklärte ich, daß so was kostspielig werden kann. Wehe, man wird erwischt, wenn man die Umwelt verschmutzt!
Björna mußte während der restlichen Nacht seine Füße aus dem Fenster hängen. Das half ein bißchen.
Das schlimmste ist eigentlich nicht der Duft, sondern der Nebeneffekt. Die Mädchen weigern sich, unsere Bude zu besuchen. Sie behaupten, lieber würden sie in einer Güllegrube baden.

Alles okeh – Kartoffelpüreh

Sonntag, 28. Mai

Halli hallo, Tagebuch!
Mein Herz macht eine Stimulanztherapie, von flauschigen Feigenblättern umwickelt. Ich bin verliebt!
Gestern abend ist es passiert. Mit meiner Reisetasche in der Hand durchstreifte ich die Wildnis, auf der Flucht vor Björnas Schweißfüßen. Ich war heimatlos. Gestern vormittag erlitt meine Nase einen totalen Kollaps. Also packte ich meine Tasche und verließ die Bude, die ich mit Arne, Erik und dem Luftverpester teilte.
Als ich durchs Schullandheim wanderte, um mich über die allgemeine Lage zu informieren, traf ich Paulina. Sie sagte, die anderen hätten unten am See Würstchen gegrillt. Ich hatte den Grillgeruch überhaupt nicht wahrgenommen und begriff sofort, daß meine Nase gelähmt war. Paulina fragte, ob ich einen kleinen Spaziergang mit ihr machen wollte. Erst wollten acht Zehntel von mir es nicht, doch dann wollte ich für den Rest meines Lebens nichts anderes mehr tun.
Wir kamen an einem stillgelegten Schwofplatz vorbei, der mich an Tante Lenas Tanzinstitut erinnerte. Mir wurde so schwindelig und schlecht, daß ich mich an einen Baum lehnen mußte, um mich nicht zu übergeben. Und da ist es dann passiert.
Mir war kotzübel, und da kam Paulina von hinten ange-

schlichen und umarmte mich. Als ich mich geschockt umdrehte, küßte sie mich. Mit offenem Mund. Zunge an Zunge. Ich flog hinauf in die Luft und sauste ein paarmal um die Erde. Dann küßte ich zurück.

Alles okeh – jucheh, jucheh!

Montag, 29. Mai

Halli hallo, Tagebuch!
Nach unseren glühenden Küssen am Samstagabend hab ich mir immer noch nicht die Zähne geputzt. Inzwischen bin ich vom Schullandheim wieder nach Hause zurückgekehrt. Ich sitze auf meinem Bett und schreibe auf, was gestern, am letzten Tag im Schullandheim passiert ist.
In mancher Beziehung war es ein tragischer Tag. Alle waren deprimiert und wollten noch zwei Jahre bleiben. Alle bis auf Erik und Arne, die Sehnsucht nach der frischen Luft in der Stadt hatten. Meiner Meinung nach haben sie eine Tapferkeitsmedaille verdient, weil sie es ertragen haben, zwei Tage lang mit Mr. Björnas Schweißfüßen zu leben.
Und dann war da Harry aus der 6 B, der mit der Lippe an einer Schleppangel hängengeblieben war, als er Abendessen besorgen wollte. Für seine Mühe erhielt er sieben Stiche.

Meine persönliche Tragödie war, daß Paulina Hlinka, die mich so heißblütig geküßt hatte, gestern so tat, als hätte die romantische Schmuserei nie stattgefunden. Warum nur? Begreift sie denn nicht, daß sie mein Herz zerkrümelt?
Eine weitere Person, die sich ebenfalls zerkrümelt fühlte, war meine Mutter. Mein alter Herr hatte vergessen, ihr gestern zum Muttertag zu gratulieren. Ich gratulierte ihr mit einer Bockwurst mit Brötchen und Gurkensalat. Mama lächelte gerührt. Dann gratulierte ich meinem Alten zu seinem hervorragenden Gedächtnis.
Heute morgen hat Mama insgeheim die Kontaktanzeigen in der Zeitung studiert. Papa scheint übel dran zu sein. Das bin ich auch. Diese verflixte Paulina....

Nix ist okeh – Leberpüreh

Dienstag, 30. Mai

Halli hallo, Tagebuch!
Jetzt hat der Countdown begonnen. Three, two, one, zero. Eins, zwei, drei, bald ist der Scheiß vorbei! Damit meine ich die Schule. Kein Mensch in unserer Klasse nimmt den Unterricht noch ernst. Als wir gestern eine Erdkundearbeit schreiben sollten, kippelte ich nur auf meinem Stuhl, lachte herzlich und verhöhnte das ganze Schulsystem. Frau Puttin

versuchte verzweifelt, etwas Disziplin ins Klassenzimmer zu bringen. Ich machte eine Papierschwalbe aus meinem Arbeitsbogen und warf sie aus dem Fenster. Frau Puttin wies mich darauf hin, daß es eine wichtige Erdkundearbeit sei.

»Ha«, höhnte ich. »Wozu soll ich die Namen sämtlicher Vulkane der Welt kennen? Ich werd sowieso Profifußballer in Italien.«

Da teilte Arne mir mit, daß Italien voller Vulkane ist. Die muß man kennen, sonst riskiert man draufzugehen, wenn die Vulkane ihre Ausbrüche haben. Da sprang ich schleunigst aus dem Fenster, um den Arbeitsbogen wiederzuholen.

Jetzt muß ich an Paulina denken. Gestern hab ich sie in der Schule gesehen. Aber sie hat mich nicht gesehen. Oder besser gesagt, sie wollte mich nicht sehen. Ich suchte ihren Blick, aber es gelang mir nicht, ihn einzufangen. Ich begann daran zu zweifeln, daß unser gemeinsamer Samstagskuß jemals stattgefunden hat. Vielleicht will sie ja genau das mit ihrem Verhalten erreichen.

Alles okeh – Kartoffelpüreh

Mittwoch, 31. Mai

Halli hallo, Tagebuch!
Heute ist der allerletzte Tag im Mai. Nach dem heutigen Tag wird es ein ganzes Jahr lang keinen Mai mehr geben. Ich hab mir schon überlegt, ob ich ein Trauerband tragen soll. Allerdings – in einem Monat hört der Juni auf, und für mehr Trauerbänder hat mein Ärmel keinen Platz.
Der Mai ist in vieler Hinsicht ein guter Monat gewesen. Zum Beispiel... zum Beispiel... zum Beispiel...
Der Juni wird bestimmt ein guter Monat. Morgen steigt der Sommer aus seinem Grab. Im Juni beginnt die Badesaison. Aber ich hab meine Badepremiere bereits hinter mir. Das war im März, als ich mit dem Fahrrad im Eis eingebrochen bin. Arne ist ein Badegegner. Er weiß, daß es unhygienisch ist, einen See mit einer Menge anderer Dreckschweine zu teilen. Letztes Jahr hat er aus dem Stadtbad Bazillenproben geholt und einen enthüllenden Artikel über diesen Skandal geschrieben. Er wollte den Artikel auf der ersten Seite der Lokalzeitung veröffentlichen. Und der Artikel wurde auch veröffentlicht. Als Märchen auf der Kinderseite. Arne versuchte, die Zeitung auf eine Viertelmillion Schadenersatz zu verklagen. Anschließend lief er eine Woche lang mit einer Papiertüte auf dem Kopf herum.

Alles okeh – Kartoffelpüreh

Donnerstag, 1. Juni

Halli hallo, Tagebuch!
Heute nacht wurde ich davon wach, daß ich das Gedächtnis verloren hatte. Aber als ich heute morgen aufstand, hatte ich meine Identität wiedergefunden. Hier folgt ein kompletter Bericht darüber, wer ich bin. Nur für den Fall, daß du ebenfalls das Gedächtnis verloren hast, Tagebuch.
Ich heiße Bert Ljung. Für einen zweiten Namen waren meine Eltern zu knickrig. Ich bin dreizehn Jahre, drei Monate, zehn Tage, sieben Stunden und sieben Minuten alt. Wenn ich so über mein Alter weiterfasele, bin ich bald eine Minute älter. Auf der Rübe hab ich blondes, wasserstoffgebleichtes Moos, das bei manchen Leuten auch als Haar bezeichnet wird. Meine Nase sieht aus, als wäre sie in einer Mangel eingeklemmt worden. Irgendeine boshafte Person hat mir mit einer schmutzigen Nadel in die Nase gestochen, und jetzt ist meine Nase voller schwarzer Punkte. Die nennt man Mitesser. Hab sie zwar noch nie was essen sehen, aber vielleicht tun sie das heimlich, nachts. Meine blaugraugrüngestreiften Augen werden von zwei Gläsern verdeckt. Die Gläser sind von Stahlrahmen eingefaßt. Daher sieht mein Gesicht aus wie ein Gemälde. Die Schlußfolgerung meines Berichts: Wenn ich schlechter Laune bin, kann ich mich im Spiegel angucken und herzlich über den

Anblick lachen. Doch dann fällt mir plötzlich ein, daß *ich* es bin, der so aussieht, und dann krieg ich noch schlechtere Laune und wickle mir das Gesicht in Mullbinden ein.

Alles okeh – Kartoffelpüreh

Freitag, 2. Juni

Halli hallo, Tagebuch!
Meine Gehirnzellen führen einen Bürgerkrieg. Vorhin erst hatte ich das Gefühl, als hätte die linke Gehirnhälfte kapituliert und die Gehirnzellen würden sich ins Blut ergießen.
Ich denke an die Ballettaufführung am Samstag. Bei einem der Tänze muß ich mitmachen und ein paar Weiber hochstemmen und allgemein charmant aussehen. Mein allererster Job als Tanztunte.
Gestern hatten wir Generalprobe. Ich saß im Umkleideraum der Herren und versuchte mich zu konzentrieren. Dabei starrte ich mein rechtes Knie, das vor lauter Unruhe stark geschwollen war, so intensiv an, daß die Konzentration flötenging, also ging ich lieber unter die Dusche. Als ich meinen Körper total matt geduscht hatte, begab ich mich zum Hinrichtungsplatz. Dort warteten der Henker, Tante Lena, und ihre satanischen Gehilfen, die Mädchen. Sie fragten:

»Bist du nervös, Bert?«
Ich war völlig entspannt, als ich antwortete:
»Kein bißchen!«
Meine schrille Stimme ließ ein Fenster im Geräteraum zerspringen. Dann fing die Generalprobe an. Alles ging gut, bis ich Paulina hochheben sollte. Sie war steif wie ein tiefgekühltes Fischstäbchen. Ich stand da und dachte an holländische Fischsoße.
Tante Lena fragte Paulina, was denn los sei.
»Nichts!!!« schrie Paulina.
Aber ich weiß, was los ist. Seit unseren heißen Küssen im Schullandheim kann sie mich nicht mehr ausstehen. Sie bereut die Küsse. Allmählich beginne ich das auch zu tun.

Nix ist okeh – Leberpüreh

Samstag, 3. Juni

Halli hallo, Tagebuch!
Gestern fuhr unsere Clique nach der Schule mit den Fahrrädern in die Stadt. Erik mußte Torleif auf dem Gepäckträger transportieren, weil Torleif am Montag versucht hatte, aus seinem Fahrradrahmen eine Pikkoloflöte zu machen. Sein Fahrrad ist jetzt im Eimer.
Wir hatten ein Attentat auf die Bücherei vor. Wir wollten

durch den Eingang reinradeln, kehrtmachen und wieder zum Eingang rausradeln. Rein kamen wir wie geplant. Nur raus kamen wir nicht wie geplant. Wir wurden rausgeschmissen – aber erst nachdem wir uns im Personalraum gesetzt und einen Entschuldigungsbrief geschrieben hatten, daß wir so was nie wieder tun würden.
Dann entdeckten wir einen Prominenten auf dem Marktplatz, nämlich Brylén. Er ist der Vorsitzende vom Kulturausschuß in der Stadt. Obwohl wir ihm sagten, wie tüchtig er ist, hat er sich geweigert, uns Autogramme zu geben. Da

nahmen wir unser Lob zurück und sagten, er sei ein Arsch.
Bei der Losbude hatte ich Glück. Ich kaufte ein Los für 50 Öre und gewann eine kleidsame rosa Schweinsmütze.
»Paßt gut für ein Schwein«, sagte Erik neidisch und kaufte ebenfalls Lose.
Er wollte eine große Wolfsmütze gewinnen. Schließlich gewann er eine gebrauchte Papierblume. Kostete ihn nur hundert Piepen.

Alles okeh – Kartoffelpüreh

Sonntag, 4. Juni

Halli hallo, Tagebuch!
Hier folgt der Bericht über meinen ersten Auftritt als Tänzer:
Ich hatte mich optimal vorbereitet. Ausreichend Schlaf ist eine grundlegende Voraussetzung für eine Premiere. Ich schlief zwei bis drei Minuten. Die restliche Zeit verbrachte mein Herz mit dem Versuch, meinen Körper zu verlassen, um den Besitzer zu wechseln. Das schlimmste an der Ballettaufführung war nicht das Tanzen, sondern die Angst davor, erkannt zu werden.
Dieses Problem löste ich auf geschickte Weise. Ich setzte

eine Gorbi-Maske auf. Niemand in der Ballettgruppe wußte etwas davon. Ich riskierte einen Mordszoff mit Tante Lena und den übrigen Weibern. Paulina regte sich allerdings überhaupt nicht auf, sie wurde weder wütend noch traurig. Sie wurde überhaupt nichts. Sie blieb einfach auf dem Lokus und kübelte vor Nervosität. Also mußte ich mit meiner Gorbi-Maske allein auf der Bühne stehen und mit den Armen herumfuchteln. Das sah dann wie eine politische Rede aus. Das Publikum jubelte, und nach der Vorstellung kam ein Typ von der Zeitung und wollte mich interviewen. Er behauptete, meine Rolle hätte eine besonders überzeugende politische und ideologische Botschaft gehabt.

»Was denn für eine Botschaft?« fragte ich. »Hab die Maske doch bloß übergestülpt, damit mich niemand erkennt.«

Das Interview nahm ein rasches Ende.

Alles okeh – Kartoffelpüreh

Montag, 5. Juni

Halli hallo, Tagebuch!
Gestern hatte meine geliebte Oma Geburtstag. Aber was heißt hier schon geliebt. Wer Oma liebt, hat's nicht leicht. Es war eine echt fetzige Fete. Teilnehmer waren ich und 14 alte Schachteln und 12 alte Knacker und ein paar unwichtige Kusinen und Cousins. Ich hatte mir vorgenommen, mich bei dieser Feier diskret im Hintergrund zu halten. Das ging nicht. Mein ungemein gelungenes Geburtstagsgeschenk bildete den Gesprächsstoff des Nachmittags. Es war ein handgefertigtes Gedicht. Urheber: Bert Ljung. Die ersten Zeilen sind sehr schön und poetisch. Sie handeln von Blumen und lieblichen Düften und so Zeug, aber gegen Ende gingen mir die Reime aus. Dies ist das Ergebnis meiner Bemühungen:

Das Märchen von Oma. Von Bert Ljung.

Nach Maiglöckchen und Jasmin
duftet's in deinem Schlunde drin.
Deine Haare schmücken Rosen,
ebenso duften deine Unterhosen.
Du, liebe Oma, bist lieb, aber häßlich wie die Nacht.
Dein Klappergebiß hat mir schon immer viel Spaß gemacht.
Meiner lieben Oma herzliche Glückwünsche.

Danach ging die Diskussion los. 37 % aller Anwesenden waren der Meinung, daß meine Eltern mich schlecht erzogen hätten. 48 % weigerten sich zuzuhören und gingen lieber auf den Balkon hinaus. 6 % fanden das Gedicht gut – nämlich Oma.

Alles okeh – Kartoffelpüreh

Dienstag, 6. Juni

Halli hallo, Tagebuch!
Erhebe dich, o schwedisches Volk! Heute feiern wir uns selbst. Heute ist unser Nationalfeiertag. Hoch sollen wir leben, dreimal hooch! Arne hat wie jedes Jahr eine Rede geschrieben, die er mir liebenswürdigerweise heute nacht um zehn nach zwölf vorlas. Er rief mich an und weckte mich.
»O Schweden, o Schweden«, begann Arne.
Dann schlief ich wieder ein.
45 Minuten später wachte ich auf, weil Arne am anderen Ende der Leitung hurra schrie. Arne verlangte, daß wir uns gegenseitig die Nationalhymne vorsingen sollten. Da drohte ich, die dänische Staatsbürgerschaft zu beantragen.
Heute haben wir unseren sogenannten Sporttag. Den

haben wir jedes Jahr am 6. Juni. Als Sechstkläßler können wir es uns erlauben, den ganzen Tag lässig rumzugammeln und über die dußligen Kindsköpfe aus den unteren Klassen zu feixen. Nachher gibt's ein Fußballspiel zwischen uns und den Lehrern. Das wird eine heiße Show. Das einzige Mal im Jahr, wo man dem Rektor ungestraft einen Tritt in den Hintern geben darf.

Alles okeh – Kartoffelpüreh

Mittwoch, 7. Juni

Halli hallo, Tagebuch!
Wir Sechstkläßler haben die Lehrer ganz schön fertiggemacht. Wir haben mit 7 : 6 gewonnen. Ich hab das entscheidende Tor geschossen, das heißt 2 : 2. Dann hab ich den Ball für ein weiteres halbes Tor zugespielt. Zuerst zu Björna, der Herrn Studienrat Börjesson ins Tor schoß. Björna hatte direkt auf Börjessons Wampe gezielt.
Dann spielte ich den Ball Arne zu, der ihn zu Björna weiterkickte, der ihn an Benny abgab, der beinahe ein Tor schoß. Jörgen Karlsson wurde vom Konrektor Kurt hart bedrängt, aber Jörgen ließ sich nicht aus der Ruhe bringen. Er nahm einen Anlauf, sprang hoch und knallte Kurt mit dem Schädel eins aufs Auge.

Arne leistete einen erstaunlich erfolgreichen Beitrag. Er durfte volle drei Minuten auf dem Platz bleiben. Die restliche Zeit konzentrierte er sich darauf, den Torwart der Lehrer abzulenken. Sein listigster Trick war, Agneta, Kopia und Lisa in genau berechnetem Blickwinkel zum Torwart aufzubauen und verführerisch mit dem Hintern wakkeln zu lassen. Der Torwart wurde tatsächlich abgelenkt. Aber nicht so, wie Arne es sich vorgestellt hatte. Der Torwart wand sich in Lachkrämpfen. Das ergab 7 : 6 für die Schüler.

Alles okeh – Kartoffelpüreh

Donnerstag, 8. Juni

Halli hallo, Tagebuch!
Nur noch ein Tag in der Sklaverei. Dann werfe ich meine Fesseln ab und verwandle mich in einen Sommer-Zombie. Sommer-Zombies latschen mit schlurchenden Füßen durch die Gegend und schlabbern Eis. Es gibt auch Sommer-Zombies, die mit schlurchendem Eis durch die Gegend latschen und Füße schlabbern. Aber die sind meistens nicht sehr langlebig. Meine Schultätigkeit dagegen ist langlebig gewesen. Ich geh schon sehr viel länger in die Schule als ursprünglich geplant.

Bereits in der Zweiten hatte ich ernsthafte Pläne, Bergarbeiter in Finnland zu werden. Inzwischen hab ich die Sechste abgehakt. Was ist eigentlich passiert? Wie eine Feder wurde man aus der Fünften in die Sechste gepustet, und jetzt kommt man als Mann aus der Sechsten heraus. Wenn ich daran denke, wie schnell alles geht, beginnen meine inneren Organe vor Alterung zu schrumpfen.
Es ist erst ein Jahr her, da war ich in Nadja Nilsson verknallt. Direkt vor den Sommerferien wurden wir ein Paar. Ein romantisches Sommer-Zombiepaar. Dieses Jahr muß ich total einsam durch die Gegend schlurchen.
Eventuell bin ich ein bißchen in Paulina Hlinka verknallt, Nadjas Kusine. Aber sie will nichts mehr von mir wissen, weil wir im Schullandheim so hemmungslos und leidenschaftlich geknutscht haben. Möchte nur wissen, warum? Vielleicht ist sie an so wilde Leidenschaft nicht gewöhnt. Ich würde sie zu gern daran gewöhnen.

Alles okeh – Kartoffelpüreh

Freitag, 9. Juni

Halli hallo, Tagebuch!
Bin echt abgehärtet und total cool. Gestern hab ich den ganzen Abend damit verbracht, mich auf die heutige Abschlußfeier vorzubereiten. Abschlußfeiern für die Sechstkläßler sind besonders gefährlich, das werden oft recht feuchte Veranstaltungen. Alle schniefen und beben mit den Unterlippen. Leider bin ich da keine Ausnahme, daher hab ich mich gestern abend einem harten Antitränentraining unterzogen.
Ich begann damit, meinen Schädel auf den Parkettboden zu knallen. Dann quetschte ich mich in den Papierkorb, um meine inneren Organe zusammenzuquetschen.
Nachdem ich so ein erfolgreiches körperliches Antitränenprogramm absolviert hatte, ging ich zur seelischen Selbstfolter über. Ich dachte an lauter traurige Sachen. Das Traurigste, was mir einfiel, war der Gedanke daran, daß Opa tot ist. Wenn er sich zwei Zuckerwürfel vorne in den Mund steckte, sah er haargenau aus wie ein alter Chinese.
Dann schluckte ich ein paar Tränen runter, weil ich keine Geschwister hab. Danach ging ich zur echt brutalen Selbstfolter über.
Ich dachte intensiv daran, daß ich nicht ein einziges Baßplektrum mehr habe und daß es schlimm sein muß, in Togo ein Solarium zu haben, und daß es ungerecht ist, daß

so ein liebes Tier wie der Hamster nicht das schnellste Tier der Welt ist.
Ich hab sämtliche Prüfungen bestanden. Jetzt kann ich mit maximalem Tränenwiderstand zum Schulabschluß gehen.

Alles okeh – Kartoffelpüreh

Samstag, 10. Juni

Halli hallo, Tagebuch!
Eine Schulabschlußfeier könnte eine ganz nette Sache sein. Aber natürlich nur, wenn man keinen Hornochsen wie Arne in der Klasse hat. Er hatte in seiner Bank ein eigenes Feuerwerk vorbereitet, das er in dem Moment abfeuerte, als Frau Puttin uns schöne Ferien wünschte. Der Bankdekkel fing Feuer, und die ganze Schule mußte geräumt werden.
Frau Puttin machte Arne ordentlich zur Sau. Doch das half nichts. Arne antwortete, das sei ihm alles Wurscht, er werde ja sowieso versetzt. Da erzählte Frau Puttin ihm eine Science-fiction-Story über etwas, das sich Erziehungsanstalt nennt. Arne entschuldigte sich und vergoß ein paar symbolische Tränen, damit Frau Puttin ihm ein wenig mehr Verständnis entgegenbrachte.

Einer von uns war völlig daneben und heulte von morgens acht bis zehn vor elf, und das war Erik.
»Sei doch nicht so traurig, Erik«, versuchten wir ihn zu trösten. »In der Siebten sehen wir uns ja wieder.«
»Ist mir doch scheißegal«, schniefte Erik. »Ich bin gar nicht traurig. Ich bin nur allergisch.«
Dann berichtete Erik, daß er sich heute besonders hübsch für Frau Puttin hatte machen wollen. Er hatte sich mit einer stark parfümierten Seife gewaschen, auf die er offensichtlich allergisch reagierte, als er Seife in die Augen bekam.
Auf dem Heimweg ist was Wunderbares passiert. Ich bin Paulina begegnet. Die Fliederblüten sangen unser Lied. Paulinas eisige Kälte war geschmolzen. Sie schlug vor, daß wir uns irgendwann in den Sommerferien treffen sollten. Was glaubst du wohl, was ich darauf geantwortet hab, Tagebuch?

Alles okeh – Kartoffelpüreh

Sonntag, 11. Juni

Halli hallo, Tagebuch!
Inzwischen haben wir doch schon ziemlich lange Sommerferien, finde ich. Freitag nach der Abschlußfeier hat Paulina ja vorgeschlagen, daß wir uns irgendwann in den Sommerferien treffen sollten.
Gestern war irgendwann in den Sommerferien. Ich rief Paulina an. Das war zuerst gar nicht einfach, meine Hände waren nämlich so schweißnaß, daß ich das Telefon nicht festhalten konnte. Ich wischte den schlimmsten Schweiß ab. Da tauchte das nächste Problem auf. Ich war so nervös, daß ich die falsche Nummer wählte und mit einem Herrn Joomo verbunden wurde. Nachdem ich Herrn Joomo zum siebtenmal angerufen hatte, drohte er damit, seinen Sohn auf mich loszulassen, und der sei gemeingefährlich.
Beim achten Versuch landete ich bei Paulina. Sie meldete sich mit fröhlicher Stimme. Aber als sie hörte, daß ich es war, klang sie nervös. Ich kam sofort zur Sache.
»Ich möchte dich zu einer spiritistischen Sitzung einladen«, sagte ich einladend.
»Zu was?«
»Zu einer spiritistischen Sitzung. Das heißt, alle sitzen im Kreis und halten sich an der Hand und erfahren was über die Zukunft.«
»Aha…« sagte Paulina zögernd.

»Also, alle werden da sein.«
»Wer ist das – alle?« wollte Paulina wissen.
»Ich«, sagte ich.
Paulina nahm die Einladung an.

Alles okeh – Kartoffelpüreh

Montag, 12. Juni

Halli hallo, Tagebuch!
Wer clever ist, ißt Fisch, davon wird man nämlich intelligent. Aber wer Fisch mit Arne Nordin kombiniert, ist alles andere als clever. Arnes beschränkte Intelligenz überträgt sich sofort auf jeden Fisch, den er anfaßt.
Gestern war Sonntag. Ich und Arne waren am Fluß und checkten, was die Sonntagsangler so trieben. Als erstes gaben wir einem Angler einen Tip, wo man besonders gut angeln könnte, nämlich hinten bei der Brücke. Der Angler freute sich sehr über den wertvollen Tip und stellte sich prompt an den wertvollen Angelplatz direkt über dem stinkenden Abfluß der Kläranlage.
Dann stießen wir auf einen Touristen, der massenhaft Fisch gefangen hatte. Arne hielt es für besonders witzig, dem Touristen mitzuteilen, an dieser Stelle sei Angeln ver-

boten. Der Tourist bekam Angst vor der Polizei und warf daher alle Fische wieder ins Wasser.
»Haben Sie denn keinen Sinn für Humor?« fragte Arne.
Dann suchten wir den Angelfritzen Nummer drei auf, einen Herrn mit sportlichem Backenbart, der einen Eimer mit Regenbogenforellen neben sich stehen hatte. Arne bekam plötzlich Appetit auf Forelle und grapschte sich eine aus dem Eimer. Das schätzte der sportliche Backenbart ganz und gar nicht. Er warf seine Spinnangel hinter Arne her.
»Ich glaub, Sie spinnen!« rief Arne aus sicherer Entfernung.
Dann gingen wir nach Hause und grillten die Forelle.

Alles okeh – Forellenpüreh

Dienstag, 13. Juni

Halli hallo, Tagebuch!
Menschenskind, allmählich wird's öde. Jetzt hab ich bereits einen Tag lang aktive Sommerferien gehabt. Das Wochenende zählt ja nicht. In einem Monat mach ich mit meinen Eltern einen beinahe Gratisurlaub in New York und auf Jamaika.
Mir ist ein seltsames Gerücht zu Ohren gekommen. Alle

Menschen auf Jamaika seien schwarz. Durch und durch schwarz, bis auf die Zähne und das Weiße im Auge. Vielleicht dürfen wir weißen Menschen überhaupt nicht auf Jamaika landen. Das Flugzeug muß dann auf der Landebahn kreisen, und alle Weißen müssen sich aufs Flugzeugdach legen und sonnen, bis sie braun genug für eine Landeerlaubnis sind.

Alles okeh – Kartoffelpüreh

Mittwoch, 14. Juni

Halli hallo, Tagebuch!
Ich denke an nackte Körper. Nicht an meinen eigenen, nicht an nackte Brathähnchen, sondern an nackte Mädchen. Ich kann nichts dafür, daß ich daran denke.
Ich hab versucht, an Kurzwarenläden, die afghanischen Widerstandskämpfer und Rauhfasertapeten zu denken. Das hilft alles nichts. Ich komme nur immer wieder auf dasselbe zurück – nackte Mädchen. Mein Körper sehnt sich nach dem Liebeshimmel, desgleichen sehnt sich auch mein Pimmel.
Und weißt du auch, warum mir lauter nackte Gedanken durch die Gehirnwindungen flitzen, Tagebuch? Weil ich heute Paulina treffen werde!!! Wir wollen schwimmen gehen. Da hast du den Anlaß für meine Überlegungen. Ich

stelle mir vor, wie Paulina im Badeanzug aussieht. Und ohne Badeanzug. Und je mehr ich daran denke, desto klarer wird mir, daß ich ein Baderöckchen anziehen müßte und keine eng anliegende Badehose, damit meine Gedanken sich nicht durch den Stoff hindurch verraten.
Vorhin kam Mama herein und fragte, warum ich denn so auf dem Schreibtisch herumsabbere und ob sie einen Wischlappen holen soll. Da schrie ich:
»VERSCHWINDE!!! Siehst du denn nicht, daß ich allmählich ein Mann werde?«

Alles okeh – Badeanzugspüreh

Donnerstag, 15. Juni

Halli hallo, Tagebuch!
Der Sommer ist himmlisch. Ich habe meinen blendend weißen Körper der Sonne ausgesetzt und erinnere jetzt an knusprig gebratenen Schinken. Gestern war ich mit einem echten Leckerbissen beim Schwimmen. Das war allerdings keine Praline, sondern Paulina Hlinka. Wir radelten an den einsamsten Badestrand vom Nöckelsee, weil wir keine Bekannten treffen wollten. Hat bestens hingehauen. Ich hab keine einzige Menschenseele getroffen, die ich kannte. Aber Paulina traf acht Personen, und mit einer dieser Per-

sonen unterhielt sie sich zwei Stunden und vier Minuten lang. Ich stand daneben und lächelte.
Nach einer Stunde und 36 Minuten bekamen meine Bakkenmuskeln einen Krampf. Ich ging zum Kiosk und kaufte mir sieben Eis und drei Gummischlangen. Nachdem ich mich gestärkt hatte, stellte ich mich wieder neben Paulina und lächelte weiter. Innerlich sabberte ich über Paulinas Badeanzug. Sie war irrsinnig sexy. Bevor ich wußte, wie mir geschah, hatte Paulina ihre Unterhaltung mit ihrer

Freundin beendet. Endlich waren wir allein. Da machte Paulina einen sehr sexy Vorschlag:
»Wollen wir jetzt wieder heimfahren?«
Das taten wir. Das war der schönste Tag seit Jahren. Ich werde ihn als eine meiner schönsten Erinnerungen in meinem Herzen bewahren.

Alles okeh – Badesandpüreh

Freitag, 16. Juni

Halli hallo, Tagebuch!
Gestern war mein Vater ein glücklicher Mann. Wahrscheinlich noch glücklicher als der Papst. Der Papst ist immer glücklich. Sein direkter Boß ist schließlich Gott. Und weil Gott alles geschaffen hat, was Spaß macht auf der Welt, muß es einen Mordsspaß machen, unter ihm zu arbeiten. Unter Papas Boß Trygve zu arbeiten ist alles andere als ein Mordsspaß. Trygve muß alles geschaffen haben, was auf dieser Welt stinklangweilig ist. Trygve riecht nach Staub. Er ist schlicht und ergreifend furztrocken.
Gestern war mein Vater glücklich, weil es der letzte Arbeitstag vor dem Urlaub war. Ich hab ihn im Optikerladen besucht und mir wieder mal die Augen checken lassen. Könnte ja sein, daß ich über Nacht plötzlich eine normale

Sehschärfe bekommen hab oder so. Hatte ich aber nicht. Die untersten Zeilen sahen immer noch aus wie eine Horde erdbebengeschädigter Marienkäfer. Ich werd mit meiner Brille leben müssen.
Dann probierte ich neue Brillengestelle. Eines sah aus wie zwei breitgequetschte Weiberhaarspangen. Mit einem anderen Gestell sah ich aus wie Papas Chef Trygve. Ich tat so, als wäre ich Trygve, latschte durch den Laden, guckte trüb aus der Wäsche und gab lauter trübe Bemerkungen von mir. Da klopfte mir jemand auf den Rücken.
Ich sagte:
»Wer klopft dem trüben Trygve auf den Rücken?«
Ich drehte mich um. Vor mir stand Trygve.

Alles okeh – Kartoffelpüreh

Samstag, 17. Juni

Halli hallo, Tagebuch!
Man hat mir ein Adoptivkind aufgehalst. Arne soll das ganze Wochenende bei uns wohnen. Der Grund: Sein Vater hat eine neue Tussi kennengelernt, und Arne will nicht zu Hause sein, wenn sie zu Besuch kommt.
»Sie ist eine echte Schreckschraube«, sagte Arne diplomatisch.

»Warum findest du das?« wollte ich wissen.
Da erzählte Arne, daß die Person Hillevi heißt. Sie hat norwegische Verwandte. Hillevi hat schon mächtig rumgestänkert. Unter anderem, daß sie es nicht leiden kann, wenn durchgeschwitzte Socken auf dem Küchentisch liegen. Da begann ich Arne zu verstehen.
»Aber ehrlich gesagt«, sagte ich, »Schweißsocken auf dem Küchentisch kann ich auch nicht leiden.«
»Vielleicht nicht. Aber keine fremde Person darf daherkommen und über mich bestimmen.«
Ich begriff, daß Arne zutiefst deprimiert war, also schlug ich vor, daß wir Popcorn grillen sollten. Und das taten wir. Wir schoben ein Blech mit Popcorn in den Backofen. Nach einer Weile war innerhalb der Ofenklappe ein irrer Krieg im Gange. Ich lachte und jodelte vor Vergnügen. Arne nicht. Er hockte seufzend auf einem Stuhl und las etwas übers Stillen in der Zeitschrift »Wir Eltern«. Als das Popcorn allmählich schwarz wurde, öffneten wir die Ofenklappe und standen mit gezückten Schüsseln bereit, um das gegrillte Popcorn aufzufangen. Es gelang uns, fünf Stück aufzufangen. Der Rest steckt in der Küchentapete.

Alles okeh – Popcornpüreh

Sonntag, 18. Juni

Halli hallo, Tagebuch!
Es ist wirklich nett, einen Freund als Gast bei sich zu haben. Heute morgen um zwanzig nach fünf wachte ich davon auf, daß mein Gast Arne auf der Matratze vor sich hin wimmerte. Er behauptete, er habe sich gestern von den gegrillten Popcorn eine Blutvergiftung geholt. Jetzt hatte er Fieberphantasien und wollte beichten, bevor er starb.
Er verriet, daß er einmal versucht hatte, Lisa an den Busen zu fassen, und daß er dabei so nervös gewesen war, daß er statt der Möpse nur die Achselhöhlen gegrapscht hatte.
Aber Arne war nicht ehrlich bereit zu sterben. Bin fest überzeugt, er stellte sich nur krank, damit er nicht nach Hause fahren und Hillevi, die neue Braut von seinem Vater, treffen muß.
»Hast du Schiß vor Hillevi?« fragte ich psychologisch.
Da fing Arne an zu heulen. Ich versprach ihm, ihn heute nachmittag zu begleiten. Arne behauptete, seine Tränen hätten nichts mit seinem Vater und Hillevi zu tun. Das Problem sei vielmehr, daß Arne seinen einen Absatz schiefgelaufen habe. Und das sei für seinen Vater das hinterletzte.
Dann sagte er, daß es seine Situation natürlich erleichtert, wenn ich mitkomme und seinem Vater von Arnes tragischer Erkrankung berichte. Ich verriet Arne nicht, daß ich

ihn durchschaute wie Backblechpapier. Ein guter Freund weiß, wann er die Klappe zu halten hat.

Alles okeh – Kartoffelpüreh

Montag, 19. Juni

Halli hallo, Tagebuch!
Ich koche so sehr, daß mein Blut sich in Blutpudding verwandelt. Warum benehmen sich manche Leute so ätzend unmöglich? Wie mein Kumpel Arne, zum Beispiel. Ich hab John, seinen alten Herrn, noch nie lachen sehen. Gestern war das erstemal. Ich hatte Arne als moralische Stütze nach Hause begleitet, weil er John und Hillevi nicht allein zu treffen wagte.
Als wir Hillevi trafen, war ich darauf vorbereitet, ein echtes Ekel kennenzulernen. Da sieht man, wie sehr man sich täuschen kann. Arne war das Ekel. Hillevi dagegen war total in Ordnung und hat uns Eis angeboten. Arne log und behauptete, er hasse Eis. Dann stellte er seine Schuhe auf den Eßtisch. Da wurde John wütend und wollte wissen, warum Arne sich so unmöglich aufführte. Arne sagte, das sei schließlich sein Zuhause und da könne er tun, was er wolle. Dann stürzte er in sein Zimmer und donnerte die Tür hinter sich zu. Am Tisch saßen ich, John, Hillevi und

Arnes kleine Schwester Doris. Ich und Doris durften uns Arnes Eis teilen, während John und Hillevi sich verliebt anguckten. Ich bin ebenfalls verliebt, weiß also, wie das ist. Aber ich bin nicht in Hillevi verliebt. Meine große Liebe heißt Paulina Hlinka.

Alles okeh – Kartoffelpüreh

Dienstag, 20. Juni

Halli hallo, Tagebuch!
Heute wollen Papa und ich mit einem Macker, der Christer heißt, auf Segeltörn gehen. Christer hat ein Segelboot, das ist noch ganz aus Holz, und ein Aquarium voller Schildkröten. Die Schildkröten dürfen nicht mitsegeln.
Bin noch nie an Bord von einem Segelschiff gewesen. Aber im Fernsehen hab ich schon oft gesehen, wie man segelt. Man hißt ein Stück Stoff hoch und ruft »Schiff ahoi«. Dann erzählt man sich gegenseitig, wie viele Fische man im Lauf seines Lebens gefangen hat. Segeln scheint ziemlich einfach zu sein.
Wir wollen zwei Tage unterwegs sein. Nur wir Männer. Die Frauen bleiben zu Hause und hüten die Kinder. Aber weil ich das einzige Kind bin, hat Mama sich vorgenommen, einen Streifzug durch die Kneipen zu machen. Auf

diese Nachricht hat Papa sauer reagiert. Er findet, daß man immer alles gemeinsam unternehmen soll.
Der Segeltörn ist mein erster Urlaubsausflug in diesem Sommer. In ein paar Tagen machen wir noch einen Ausflug. Nach Babbsand. Dort hat die ganze Verwandtschaft über Mittsommer ein Ferienhaus gemietet. Und bald danach geht's nach New York und Jamaika. Hab selten so viel Urlaub gehabt wie in diesem Sommer.

Alles okeh – Kartoffelpüreh

Mittwoch, 21. Juni

Halli hallo, Tagebuch!
Huhuuuuh, ihhhh! Nie mehr in meinem ganzen Leben trink ich einen Tropfen Wasser. Der Segeltörn mit Christer mußte abgebrochen werden. Der Grund: ein speiender Knabe. Und der war ich. Ich war chronisch seekrank. Das fing bereits am Anlegesteg an. Ich erkundigte mich, wann wir wieder nach Hause fahren.
»Wir haben ja noch nicht mal abgelegt«, fauchte mein Alter.
Christer riet mir, den Blick auf den Horizont zu richten. Ich glotzte den Horizont an, was das Zeug hielt. Zuerst war er blau, dann wurde er grau, dann rosa und schließlich

grün. Da mußte ich meinen Schädel in einen Eimer stekken.
»Haha, mußt Neptun wohl ein Opfer bringen, was?« witzelte Christer.
Wir segelten übers wilde, stürmische Meer.
»Ist es immer so stürmisch auf dem offenen Meer?« wimmerte ich.
»Was heißt da offenes Meer?« sagte Christer. »Wir haben ja noch nicht mal den Hafen verlassen.«
Da mußte ich sofort wieder Neptun opfern.
Papa fühlte sich wie ein Weltumsegler. Er nahm das Echolot und kontrollierte, wie tief es unterm Boot war.
»14.30«, sagte Papa fachmännisch. »Ist es hier wirklich so tief?«
»Nein«, sagte Christer. »Das da ist kein Echolot. Das ist eine Küchenuhr. Und es ist halb drei.«

Nix ist okeh – gar kein Püreh

Donnerstag, 22. Juni

Halli hallo, Tagebuch!
Heute nacht war ich in geheimer Mission unterwegs. Ich schickte mein böses Ich los, den Höhlenmenschen Milton. Ich hatte den Höhlenmenschen schon seit langem nicht mehr losgelassen. Jetzt war es wieder an der Zeit.
Paulina hat heute Namenstag. Ich hatte ihr ein Geschenk vorbereitet. Ein Häkeldeckchen. Von mir selbst gehäkelt. Ich schickte den Höhlenmenschen Milton los, um das Paket abzuliefern, und schärfte ihm ein, sich *nicht* unmöglich zu benehmen. Leider hat der Höhlenmensch Milton ein negativ gekoppeltes Gehirn. Wenn man ihm einen Befehl gibt, führt er das genaue Gegenteil aus. Er hat sich unmöglich benommen. Und weil Milton und ich ziemlich ähnlich aussehen, wird natürlich mir die Schuld für das in die Schuhe geschoben, was Milton heute nacht angestellt hat.
Milton sollte das Häkeldeckchen an der Tür abliefern. Womit ich nicht gerechnet hatte, war, daß Milton eine panische Angst vor weiblichen Wesen hat. Daher wickelte Milton das Häkeldeckchen um einen großen Stein, den er durch Paulinas Fenster warf. Echt clever, Milton! Jetzt muß ich jegliche Mitwisserschaft am Häkeldeckchen leugnen.
Allerdings hatte ich einen besonderen Gruß an Paulina eingestickt: *Von deinem Verehrer Bert.*

Es ist möglich, daß Paulina den Verdacht kriegt, daß ich das bin. Aber bestimmt hat sie eine Menge Verehrer, die Bert heißen. Wenn sie trotzdem glaubt, daß das Deckchen von mir ist, muß ich wohl meine geheime Identität preisgeben müssen. Vielleicht werd ich Mann gegen Mann mit Milton kämpfen müssen. Nur wie?

Alles okeh – Kartoffelpüreh

Freitag, 23. Juni

Halli hallo, Tagebuch!
Gestern rief Paulina an. Hier eine gekürzte Version unserer Unterhaltung:
LÄUT, KLINGEL.
»Bert.«
»Hallo, hier ist Paulina.«
»Hallo, Paulina.«
Dann erzählte Paulina, daß ihr Nachbar ihr ein Paket gebracht hat, das ihm jemand nachts durchs Fenster geworfen hat. Mein Körper erstarrte zu Eis. Sie bedankte sich für das schöne Geschenk.
»Was denn für ein Geschenk?« fragte ich erstaunt.
»Die Stoffwurst, die du gehäkelt hast.«

»Das ist keine Stoffwurst«, sagte ich. »Das ist eine Decke.«
Und da hatte ich mich verplappert.
»Aha... na, dann fröhlichen Mittsommer«, sagte Paulina und legte auf.
Es macht Freude, anderen Leuten etwas zu schenken.
Heute ist Mittsommer, der höchste Feiertag aller Rowdies und Saufköpfe. Einmal hab ich einen echten Rowdy gesehen. Er muß blau gewesen sein, er hat nämlich alle Leute begrüßt. Ich werd heute meine lieben Verwandten begrüßen. Die haben ja ein großes Ferienhaus auf einer Insel gemietet. Dort feiern wir alle gemeinsam Mittsommer und streiten uns. Das ist Mittsommertradition in unserer Familie.

Alles okeh – Kartoffelpüreh

Samstag, 24. Juni

Gestern haben wir Mittsommer gefeiert. Es war ein sehr gelungenes Fest. Ein kleines Beispiel: Onkel Jan und Tante Åsa hauten sich bereits bei der Vorspeise. Meine Alte heizte ihnen ein und bewarf Onkel Jan mit Senfhering. Da hat Oma Mama enterbt und wollte mir Mamas Erbteil übertragen. Ich hab den Dreh gleich kapiert und hab Jan noch mit ein paar Anschovisfilets beworfen. Dann hab

ich's auf Mama geschoben, um mir das Erbe endgültig zu sichern.
Später wurde es noch lustiger. Papa forderte die Mittsommerstange zum Tanz auf, und zwar so wild, daß die Mittsommerstange umkippte. Papa trug eine schwere Verstauchung am einen Zeh davon, die mit zwei Pfeifenreinigern geschient werden mußte. Ich machte einen ersten Probeschwumm und schluckte eine Menge kaltes Wasser.
»Hier hab ich wärmeres Wasser für dich!« rief Onkel Anders und füllte ein Schnapsgläschen.
Ich nippte daran und schrie vor Schmerz. Wie kann man so dumm sein und Flüssigkeit trinken, die beinah radioaktiv ist, dachte ich und nippte noch einmal. Oma saß schwer geschockt in der Hollywoodschaukel und las in ihrem Gesangbuch. Das fröhliche Treiben empörte sie zutiefst. Nach einer Stunde hatte sie genug und fuhr mit dem Taxi 120 Kilometer nach Hause. Am liebsten hätte sie mich mitgenommen.
»Kinder sollten so etwas nicht mit ansehen müssen«, sagte sie aufgebracht.
Da rülpste ich ihr ein bißchen Schnaps ins Gesicht. Jetzt bin ich ebenfalls enterbt.

Alles okeh – Schnaps- und Anschovispüreh

Sonntag, 25. Juni

Halli hallo, Tagebuch!
Die ganze Verwandtschaft ist immer noch auf der Insel versammelt, außer Oma. Gestern hatten alle Anwesenden Schädelbrummen. Vor allem Papa, der nachts mit voller Wucht gegen die Scheißhauswand gerannt war.
Die Stimmung zwischen den Verwandten ist, milde ausgedrückt, angespannt. Seit dem Mittsommerabend sind alle miteinander verkracht. Aber so ist es jeden Mittsommer. Deshalb macht sich keiner von uns Sorgen.
Heute morgen sah ich eine himmlische Erscheinung. Keinen Engel, sondern eine nackte Kusine. Kusine Sandra. Sandra ist achtzehn und nahm nackt ein Morgenbad. Ich war unterwegs zum Klohäuschen, als ich sah, daß Sandra badete.
Plötzlich hatte ich es sehr eilig. Nicht aufs Klo, sondern ins Haus, um das Fernglas zu holen. Doch das war nirgends zu finden. Ich rannte wieder raus und kroch in ein Gebüsch direkt am Ufer, von wo aus ich Sandra heimlich beobachten wollte. Plötzlich hörte ich etwas im Nachbarbusch. Eine Schlange! dachte ich und sprang hoch. Da entdeckte ich meinen alten Herrn. Er lag im Busch versteckt und starrte mit dem Fernglas zum See runter.
»Äh... wirklich unglaublich, was für interessante Wasservögel es hier in der Gegend gibt.«

»Hast du Röteln?« fragte ich im Hinblick auf seine Gesichtsfarbe.
Anschließend gelang es mir, dank geschickter Verhandlungen mein Taschengeld zu erhöhen.

Alles okeh – Kartoffelpüreh

Montag, 26. Juni

Halli hallo, Tagebuch!
Jetzt bin ich wieder zu Hause. Bin ein ganzes Wochenende weg gewesen. Hab mit jedem einzelnen Gegenstand in meiner Bude persönliche Gespräche geführt, um meine Rückkehr deutlich zu machen. Der letzte Tag auf der Mittsommerinsel ging genauso in die Binsen wie der erste und der zweite. Alle schwiegen sich eisig an. Nur Tante Lenas Mann, Lars-Olov, sprach mit sich selbst. Er machte sich Sorgen um seinen Computer im Büro und hatte Heimweh nach ihm. Wenn ich an Tante Lena und Lars-Olov denke, krieg ich mich echt nicht mehr ein. So ein schräges Paar! Sie mit ihrem Tanzfimmel und er mit seinen Computern. Die beiden müssen eigentlich hochinteressante Ableger kriegen. Tanzende Computer.
Gestern blieb ich den ganzen Tag im Wasser. Als ich rauskam, sah ich wie ein Bückling aus. Ein Glück, daß kein Berufsfischer mich erblickt hat, dann würd ich jetzt nämlich irgendwo auf einem Teller liegen.

Alles okeh – Kartoffelpüreh

Dienstag, 27. Juni

Halli hallo, Tagebuch!
Gestern fand ich einen Brief unter der Fußmatte. Er war von Paulina. Sie hatte folgendes geschrieben:
Wenn du Interesse hast, kannst du morgen, am Mittsommertag, zum kleinen Landesteg kommen.
Ich bekam Herzasthma. Meine Mandeln schwollen an, und die Tränenkanäle wurden überschwemmt. Ich habe nicht gewußt, daß Paulina am Samstag auf mich gewartet hat! Und weil ich nicht gekommen bin, glaubt sie jetzt natürlich, daß ich kein Interesse an ihr hab! Vielleicht hat sie sich einen anderen Kerl geangelt und sofort geheiratet. Dann werd ich es mir nie verzeihen, daß ich mit meiner bescheuerten Verwandtschaft auf einer bescheuerten Insel in einem bescheuerten Ferienhaus war. Alles ist jetzt sinnlos geworden. Am besten, ich streiche mein Zimmer grau und hänge schwarze Vorhänge auf. Dann kann kein Licht mehr reinkommen, und ich sterbe an Lichtmangel.
Ich rief Arne an, in der Hoffnung, von ihm getröstet zu werden. Er lachte und sagte, er könne meine Gefühle gut verstehen. Als ich mich aussprechen wollte, sagte er, er hätte keine Zeit mehr. Er hatte etwas Wichtigeres vor. Seine Zehennägel feilen.

Nix ist okeh – Leberpüreh

Mittwoch, 28. Juni

Halli hallo, Tagebuch!
Meine Seele hat ein Loch. Meine Eingeweide haben sich in verdrehte Spaghettistränge verwandelt. Erik und ich machten einen Spaziergang, um Autoaufkleber zu checken. Der hier war echt komisch:
Babys an Bord! Wir schaffen's im Akkord!
Ha ha ha! Was schaffen die wohl im Akkord? Ha ha.
Warum lache ich überhaupt? Ich bin betrübter als dreißig geschlagene Armeen. Nicht wegen der hirnrissigen Autoaufkleber, sondern wegen Paulina. Ich hab sie mit einem Macker gesehen! Das schlimme daran ist, daß sie vergnügt aussah. Und das gute ist, daß der Macker potthäßlich war. Aber das schlimme wiederum ist, daß ihr das wohl scheißegal war. Ich bekam eine akute Gefühlslähmung, die dazu führte, daß in meinem Hals ein Kloß anschwoll. Anschließend mußte ich 15 Minuten lang neben einem Baum stehen und spucken. Hinterher zählten wir, wie viele Ameisen ich mit meiner Spucke ertränkt hatte.
Ich komm von dem Gedanken einfach nicht los. Hat Paulina einen heimlichen Geliebten? Wenn das der Fall ist, muß ich meine Liebe für lange Zeit in Urlaub schicken.

Nix ist okeh – Leberpüreh

Donnerstag, 29. Juni

Halli hallo, Tagebuch!
Hab geschwänzt. Gestern war Ballettstunde.
Ich schaffte es einfach nicht hinzugehen und behauptete, ich hätte von meinen Sandalen Plattfüße gekriegt. Aber der eigentliche Grund war, daß ich es nicht schaffte, Paulina zu sehen.
Statt dessen hab ich mit Arne Spiele gespielt. Zuerst versuchten wir, das Detektivspiel zu spielen. Das geht so, daß einer der Teilnehmer einen Ball hinterm Rücken versteckt. Die anderen, die am Tisch sitzen, müssen durch Fragen herausbringen, wer den Ball versteckt hat. Nach drei Runden sahen wir ein, daß dieses Spiel mit nur zwei Teilnehmern auf die Dauer etwas öde wird.
Dann versuchten wir es mit Mogeln. Aber Arne mogelte gleich das ganze Kartenspiel weg, so daß wir nicht mehr weiterspielen konnten.
Wir machten eine Wasserpause und überlegten, was wir noch spielen könnten. Mir fielen die dreizehn Mühlespiele ein, die Großvater mir geschenkt hat.
Arne hatte noch nie Mühle gespielt. Das war mir sehr recht. Jetzt würde ich ihn ein für allemal abzocken. Arne gewann 18 Spiele hintereinander. Da forderte ich ihn auf, lieber nach Hause zu gehen. Ich hatte es satt zuzusehen, wie er sich an unserem Wasser dumm und dußlig trank.

Jetzt bin ich nicht nur ein geschlagener Liebhaber. Jetzt bin ich auch noch ein geschlagener Mühlespieler.

Nix ist okeh – Leberpüreh

Freitag, 30. Juni

Halli hallo, Tagebuch!
Jippijeeeh, jippijoooh! Holdrioh! Jucheh! Der Juni ist jetzt bald zu Ende. Und ein besseres Monatsende hab ich noch nie erlebt. Gestern unterhielt ich mich am Telefon mit einer zarten, lieblichen Stimme, mit der schönsten Stimme, die einem aus einem Telefonhörer entgegenklingen kann. Aber wenn jemand anrufen und mir zu einem Millionengewinn gratulieren würde, also, die Stimme wäre, ehrlich gesagt, noch schöner.
Es war Paulina, die mich anrief. Sie wollte wissen, warum ich am Mittwoch nicht ins Ballett gekommen sei. Ich sagte, ich hätte Bauchweh gehabt. Ich wollte nämlich nicht verraten, daß mir die Seele weh tat. Dann fragte Paulina, ob ich Lust hätte, mein Englisch ein bißchen aufzupolieren.
»Okej«, sagte ich. »One, fri, ai äm ä boi.«
»Nicht jetzt gleich«, unterbrach mich Paulina. »Am Wochenende. Pavel, mein Cousin zweiten Grades aus der

Tschechoslowakei, ist zu Besuch. Und er kann kein Schwedisch.«
Da wurde mir alles klar. Der Macker, mit dem Paulina schon die ganze Woche durch die Gegend latschte, war überhaupt kein Macker. Das war ein Tscheche. Ich versuchte, meine Freude am Telefonhörer zu zügeln.
»OOOOIIII. OOOOIIIIJJJa gerne! Wann sehen wir uns?«

Alles okeh – Kartoffelpüreh

Samstag, 1. Juli

Halli hallo, Tagebuch!
Gestern wachte ich auf, und alles war dunkel. Ich brachte meine Augenlider nicht auf. Sie klebten fest. Ich rief um Hilfe. Da kam Mama und sagte, ich solle mit dem Geschrei aufhören. Ich berichtete meiner verständnisvollen Mutter, daß ich blind geworden sei. Sie untersuchte mich und stellte fest, daß meine Augenlider einen Krampf hatten. Um die Mittagszeit ließ der Krampf nach. Aber am Abend bekam ich einen Rückfall. Erik, Nicke und ich hatten auf der Freiluftbühne im Stadtpark angefangen, eine eigene Rockshow abzuziehen, nur für uns, mit echt heißen Tänzen. Ich zuckte rhythmisch mit dem Unterleib und imitierte

Tom Jones. Plötzlich hörten wir brüllendes Gelächter. Sämtliche Rocker der Stadt hatten hinter den Büschen gehockt und alles gesehen. Ich wurde blind, und die Jungs mußten mich nach Hause führen.

Alles okeh – Kartoffelpüreh

Sonntag, 2. Juli

Halli hallo, Tagebuch!
In einer Woche knallt's. Hoffentlich knallt's nicht in der Luft. In einer Woche segle ich durch die Lüfte, nach New York und Jamaika. Zum erstenmal in meinem Leben werde ich maschinell fliegen. Alles okeh – Kartoffelpüreh. Da siehst du's, liebes Tagebuch. Ich denke nur ans Fliegen und vergesse alles andere. Ich glaubte, meine Tagebucheintragung für heute wär schon fertig.
Vor der USA-Reise mußten wir Formulare ausfüllen. Lauter schwierige Fragen. Ob man an einer tödlichen Krankheit leidet oder drogensüchtig ist oder sonst was Schlimmes. Ich bin zwar kurzsichtig, aber das zählt wohl nicht. Papa hat außerdem gesagt, daß man auf keinen Fall Kommunist sein darf, wenn man in die USA will. Verflixt und zugenäht! Ich bin beinahe ein Kommunist. Ich kenne nämlich einen, der wählt immer die KP, mein Nachbar Olle

Collin. Wenn die US-Agenten das spitzkriegen, erteilen sie mir USA-Verbot. Die lassen mich wahrscheinlich sowieso nicht einreisen. Ich hab meinen Paß gekriegt und erkenn mich selbst nicht wieder. Auf dem Paßbild ist ein dunkler Typ mit dünnem Schnurrbart zu sehen. Außerdem trag ich einen Schal um den Hals, um einen Knutschfleck zu verbergen. Der Schal sieht wie ein Terroristenschal aus. Irgendwie muß ich die Amerikaner davon überzeugen, daß ich freundlich gesinnt bin. Sonst heißt es good bye, New York.

Alles okeh – Kartoffelpüreh

Montag, 3. Juli

Halli hallo, Tagebuch!
Ich und Arne haben gestern ein haarsträubendes Abenteuer erlebt – eine Fahrradsafari. Wir sind um den Nöckelsee gefahren. Das heißt, wenigstens ein Stück weit. Nach drei Kilometern bekam ich einen Platten.
»Bitte sei so freundlich und hol die Pumpe und das Flickzeug raus«, sagte ich zu Arne.
Arne sagte, die Pumpe hätte er nicht eingepackt, weil er den Platz für die Luftpistole und die Platzpatronen brauchte.

»Wozu brauchen wir das denn?« fragte ich wütend.
»Auf einer Fahrradsafari ist man vielen Gefahren ausgesetzt«, erklärte Arne und fuhr weiter.
Ich schrie, er solle anhalten. Dann sagte ich, er solle mich auf seinem Gepäckträger mitnehmen. Ich wollte mein Fahrrad dann nebenher schieben.
Arne weigerte sich. Er wollte keine Kratzer an seinem Gepäckträger riskieren. Also radelte er voraus, und ich kam zu Fuß hinterher. Nach ungefähr 20 Kilometern holte ich ihn ein. Er hockte auf einem Stein und sah auffallend satt aus.
»Du siehst aber satt aus«, sagte ich.
Arne war zu groggy, um antworten zu können. Also checkte ich den Fressalienkorb. Und da kapierte ich, warum Arne so satt aussah. Er hatte sämtliche Würstchen verdrückt. Achtzehneinhalb. Ein halbes hatten die Vögel gekriegt.

Alles okeh – Kartoffelpüreh

Dienstag, 4. Juli

Halli hallo, Tagebuch!
Heute hat jemand Geburtstag, der sehr wichtig ist – nämlich die USA. Die USA sind deshalb so wichtig, weil ich dorthin reisen will.
Meine Einreisegenehmigung ist gefährdet. Ich muß die Amis davon überzeugen, daß sie meine volle Unterstützung haben. Irgendwie müssen sie von meinem Engagement für Amerika erfahren. Werde den USA heute dermaßen huldigen, daß ich morgen in die Zeitung komme.
Vor einer halben Stunde habe ich mit meinen Huldigungen begonnen. Ich rief die amerikanische Botschaft an und sang Happy Birthday. Zweimal HAPPY BIRTHDAY TO YOU, dann HAPPY BIRTHDAY TO USA, HAPPY BIRTHDAY TO YOU. Da sagte der Typ am Telefon, ich soll lieber die russische Botschaft anrufen, wenn ich unbedingt russische Volkslieder singen will.
»I'm singing English«, erklärte ich.
»Spabsiba«*, sagte der Typ und legte auf.
Jetzt stecke ich in einer echten Krise, die Amerikaner haben das Gespräch vermutlich zurückverfolgt und glauben garantiert, daß ich ein Russe bin. Ich muß mir eine bessere Möglichkeit einfallen lassen, den USA meine Wertschät-

* russisch: danke

zung zu zeigen. Sonst verfrachten die mich vielleicht in die Salzminen von Texas, wenn ich in die Staaten komme.

Alles okeh – Kartoffelpüreh

Mittwoch, 5. Juli

Halli hallo, Tagebuch!
Nie im Leben lassen die mich in die USA einreisen. Vielleicht sollte ich mein Flugticket lieber irgendeinem verirrten amerikanischen Touristen verkaufen. Gestern endete meine geplante Huldigung an Amerika im Chaos.
Anfangs klappte alles ganz gut. Es gelang mir, mit Wasserfarben eine Flagge der USA zu malen. Allerdings erinnerten die Sterne auf der Flagge mehr an Brechbohnen als an Sterne. Ich hatte mir vorgenommen, dem großen Land im Westen durch eine Flaggenschwenkzeremonie vor McDonald's zu huldigen. Ich hatte der Presse einen Tip gegeben, daß eine einmalige Aktion stattfinden würde. Ich wollte nämlich unbedingt in die Zeitung kommen. Und das tat ich auch.
Folgendermaßen spielte sich meine Aktion ab: Ich nahm meine große Fahne und begann, mit leidenschaftlicher Begeisterung vor McDonald's damit herumzufuchteln. Plötzlich kam irgendein stinkiger alter Penner vorbei, der Zi-

garre rauchte. Durch einen unglücklichen Zufall zündete diese Zigarre meine Flagge an. Die Flagge verbrannte innerhalb von zwölf Sekunden. Am nächsten Morgen war folgendes in der Zeitung zu lesen:
»Jungkommunist demonstrierte vor McDonald's. Schändete und verbrannte die amerikanische Fahne.«
Ja, ja, mein liebes Tagebuch, wenn ich in die USA will, muß ich mir eine neue Identität zulegen.

Nix ist okeh – Leberpüreh

Donnerstag, 6. Juli

Halli hallo, Tagebuch!
Ich habe den Honig meines Leibes getroffen, Paulina Hlinka. Ein bißchen mulmig war mir allerdings vor dem Treffen, weil Paulina aus dem ehemaligen Ostblock kommt. Ihre Eltern sind Tschechen. In meiner augenblicklichen Lage ist es etwas riskant für mich, mit ehemaligen Ostblöcklern zu verkehren. Wenn man in die USA will, darf man auch keine ehemaligen Kommunisten kennen. Als ob es nicht genug wäre, daß Paulina aus dem ehemaligen Ostblock kommt. Einer ihrer Cousins aus der Tschechoslowakei ist auch noch bei ihr zu Besuch. Gestern trafen wir uns alle drei. Als ich Pavel gerade begrüßen wollte,

mußte ich mich rasch hinter ein Auto werfen. Ich bildete mir ein, in einem geparkten Bus der Telefongesellschaft drei US-Agenten entdeckt zu haben.
Pavel fragte Paulina, ob irgendwas mit meinen Beinen nicht in Ordnung sei. Dann sagten sie was auf tschechisch, und dann lachten sie. Manchmal fand ich Pavel ganz nett, aber manchmal ging er mir auch echt auf den Keks. Er

schlug vor, daß wir uns in ein Straßencafé setzen sollten.
Ich kramte mein bestes Englisch hervor und sagte:
»Lieber not. Lieber not.«
Ich wollte lieber nicht mit einem ehemaligen Gegner der USA gesehen werden.

Alles okeh – Kartoffelpüreh

Freitag, 7. Juli

Halli hallo, Tagebuch!
Gestern feierten die HEMAN HUNTERS für mich ein Abschiedsfest. Am Sonntag reise ich ja nach New York.
Erik kam ganz in Schwarz.
»Warum hast du denn mitten im Sommer schwarze Klamotten an?« fragte ich und grinste.
»Ich trage Trauerkleidung, für den Fall, daß deine Maschine abstürzt. Anstandshalber.«
Ich bedankte mich sehr herzlich bei Erik. Nachdem ich ihn heimgeschickt hatte, begann der amüsante Teil des Festes.
Meine Freunde schenkten mir lauter Sachen, die ich gut für die Reise brauchen kann. Von Torleif bekam ich eine Kassette mit Aufnahmen von den HEMAN HUNTERS, die ich den Rundfunksendern in den USA vorspielen soll.
Dann erzählte Torleif, daß es dort ungefähr 5000 Sender

gibt. Da verschüttete ich leider etwas Saft auf die wertvolle Aufnahme. Von Nicke kriegte ich ein Kabel für meinen E-Baß. Er fand, daß ich auf der Reise üben soll, wie man mit Kabeln umgeht. Dieses Geschenk kam wirklich von Herzen. Dann war noch Arnes Geschenk übrig. Aber Arne wollte etwas dafür haben. Ich gab ihm eine saftgefüllte Kassette und ein Kabel. Dafür bekam ich Arnes Geschenk: ein schwedisch-isländisches Wörterbuch.
»Aber ich fahre doch gar nicht nach Island«, sagte ich.
»Nein, aber die meisten Flugzeuge, die in die USA fliegen, müssen dort notlanden.«

Alles okeh – Kartoffelpüreh

Samstag, 8. Juli

Halli hallo, Tagebuch!
Ich packe und packe. Jetzt muß ich ein Weilchen Tagebuch schreiben, um auf andere Gedanken zu kommen. Heute morgen hab ich schon fünfmal umgepackt. Zuerst legte ich alles in eine durchsichtige Plastiktüte. Aber da konnte man meine Schlumpf-Unterwäsche sehen. Also stopfte ich alles in meine Eishockeytasche. Leider paßte der Fernseher nicht rein. Schade. Jetzt kann ich drüben keine schwedischen

Sendungen sehen. Schließlich stopfte ich alles in einen Koffer.
Das hier nehme ich mit: Papas Buchstabentafeln aus dem Optikerladen, damit ich während des Urlaubs checken kann, ob ich vielleicht zufällig wieder besser sehe. Außerdem nehme ich einen interessanten Fernkurs in Familienforschung mit. Damit werde ich mich in meiner Freizeit beschäftigen. Meinen Fußball habe ich natürlich nicht vergessen. Ich pumpe ihn schon jetzt fest auf, in den USA haben sie vermutlich nicht dieselbe Luft wie hier.
Am schwierigsten war es, das Geschenk für Onkel Jan zu verpacken. Vorgestern habe ich in einem Graben drei Frösche gefangen. Die will ich Jan schenken. Die Frösche müssen in ihrer natürlichen Umgebung leben. Daher muß ich eine Tüte mit Schlamm mitnehmen, um die Dose, in der sie stecken, ab und zu nachfüllen zu können. Hoffentlich hält die Tüte dicht. Sonst werden meine Schlumpfunterhosen ganz schön gebraucht aussehen.

Alles okeh – Kartoffelpüreh

Sonntag, 9. Juli

Halli hallo, Tagebuch!
Heute geht's ab nach Amerika! Bin so nervös, daß ich kaum weiß, wie ich heiße. Ich glaube, ich heiße Ralf. Oder möglicherweise Madeleine. Heute morgen hörte ich jemand diesen Namen rufen und antwortete mit einem leisen Ja. Da schrie mein Vater, daß er mit meiner Mutter reden wollte. Schlußfolgerung: demnach heiße ich Ralf. Vorhin war ich startbereit – glaubte ich. Ich nahm meinen Koffer und ging ins Treppenhaus raus. Dort kamen mir Lennart und Anki Jönsson entgegen.
»Schicker Anzug«, sagte Lennart.
»Danke«, sagte ich und schaute auf die Anzughose runter.
Da war keine Anzughose. Da war nur ein hängender Pimmel. Ich hatte vergessen, mich anzuziehen. Mein ganzer Körper wechselte die Farbe.
»Na so was«, sagte Lennart. »Jetzt hast du ja plötzlich einen *roten* Anzug an. Das nenne ich einen raschen Kleiderwechsel.«
Eine ausgewachsene Katastrophe! Dabei muß ich an die gestrige Katastrophe denken. Ich war bei Erik und sah mir einen Videofilm an, um meine Reisenerven zu beruhigen. Der Film handelte von einem Flugzeugzusammenstoß.
»Du bist ein wahrer Freund, Erik«, sagte ich. »Jetzt kann

ich beruhigt nach Amerika fliegen und brauche kein bißchen nervös zu sein.«

Alles okeh – Kartoffelpüreh

Montag, 10. Juli

Halli hallo, Tagebuch!

Wow! War das eine Reise! Jetzt bin ich in New York. Eine Sache kapier ich einfach nicht. Ich kann immer noch fließend Schwedisch. Heute morgen hab ich mich selbst getestet und eine Reihe schwieriger schwedischer Wörter ausgesprochen. Anfangs bekam ich einen leichten Schreck, weil es doch ziemlich englisch klang. Doch dann stellte sich heraus, daß es nur ein nicht ausgespuckter Rotzklumpen war.

Der Flug war unheimlich. Alle saßen nur da und warteten darauf abzustürzen. Anfangs mußte man angeschnallt sitzen, damit man nicht raus konnte. Vermutlich reichten die Fallschirme nur für die Besatzung. Ich schnallte mich nicht an, um im Falle eines Falles einer langsamen Stewardeß bei der Fallschirmverteilung zuvorzukommen.

Einmal hörte ich jemand von der Besatzung lachen. Da wußte ich es. Die Katastrophe bahnte sich bereits an. Ich fuhr hoch und stürzte nach vorn, um in das Cockpit vorzudringen und die Piloten zu warnen. Als ich die Tür aufriß, hockte ein Typ vor mir, der gerade schiß. Ich hatte eine unverriegelte Klotür aufgerissen.

Alles okeh – Kartoffelpüreh

Dienstag, 11. Juli

Halli hallo, Tagebuch!
Gestern sind wir durch Manhattan gelatscht und haben Wolkenkratzer angeguckt. Ich hab fast einen steifen Nakken gekriegt, weil ich die ganze Zeit nach oben gucken mußte. Bis auf eine Ausnahme. Das war, als ich auf einen armen Bettler trat, der auf der Straße saß. Ich mußte ihm zwei Dollar geben, um wegzukommen.
Übrigens vergeht kein Tag, ohne daß ich mich blamiere. Wenn man in New York ist, glaubt man, daß man hemmungslos schwedisch sprechen kann, weil niemand was kapiert. Ich sah eine super Braut.
»Strammer Hintern«, sagte ich humorvoll auf schwedisch.
»Danke fürs Kompliment«, antwortete das amerikanische Mädchen, das eine schwedische Touristin war.

Ich versteckte mich unter Papas Jacke und tat so, als wäre ich ein Buckel.

All is okeh – potatopüreh

Donnerstag, 13. Juli

Hello, Täjgebjuch. Now fänge ich än, mit ämerikänischem Äkzent zu schprechen. Jetzt haben wir nur noch einen Tag in New York. Morgen fahren wir nach Jamaika. Onkel Jan kommt nicht mit. Schade, er ist nämlich ein echt cooler Typ, ganz anders als sein Bruder – mein alter Herr. Jan ist ruhig, beherrscht, wohlhabend, freundlich und sieht auch noch gut aus. Ob Mama sich damals, als sie frisch verliebt war, nicht doch geirrt hat?
Gestern waren wir im Empire State Building. Leider war King Kong nicht zu Hause. Normalerweise soll er nämlich dort wohnen. Aber auf dem Weg zum Aufzug glaubte ich, riesige Affenspuren zu sehen. Benutzte er etwa den Aufzug nach oben, dieses Faultier? Ich rechnete damit, im Aufzug ein Schild zu sehen: »Höchstens 30 Personen oder ein Riesenaffe.« Aber weit und breit kein Schild in Sicht. Das Empire State Building ist ein wahnsinnig hohes Gebäude. Wenn nicht gerade Smog oder Nebel ist, kann man von dort aus ganz New York zu seinen Füßen liegen sehen.

»Aber Smog oder Nebel kommen nur selten vor«, sagte Onkel Jan.
Gestern war »nur selten«. Wir konnten 30 Meter tief nach unten sehen. Es sah aus wie Erbsensuppe.

Alles okeh – Erbsenpüreh

Freitag, 14. Juli

Halli hallo, Tagebuch!
Eines ist sicher: Ich bin im falschen Land aufgewacht. Gestern abend ging ich in den USA ins Bett, heute morgen bin ich in Frankreich aufgestanden. Ich wachte von einem ohrenbetäubenden Lärm auf. Draußen im Flur vor Onkel Jans Wohnung tanzte eine Schar sternhagelvoller Franzosen um eine Fahne herum. Mein Alter war total durcheinander, weil er so früh geweckt wurde, und wollte die Polizei anrufen. Onkel Jan erklärte, daß heute der französische Nationalfeiertag ist. Da wurde Papa wütend und brüllte in schallendem Schwedisch »MAUL HALTEN« in den Flur raus. Die Franzosen hielten das für eine Huldigung an Frankreich und kamen angestürzt und küßten Papa aufs Ohr.
Heute fahren wir nach Jamaika. Ein bißchen graut's mir davor, weil ich doch kein Jamaikanisch kann. Ich kann

mich höchstens auf einer Trommel verständigen. So zum Beispiel:
Wenn man folgendes trommelt: Da donk da donk, heißt das »Wie geht es dir?«
Darauf antwortet man: Da donka, da donka! – »Ich hab Kopfweh!«
Dann sagt man: Dinki Donk? – »Warum denn?«
Da trommelt man: Donkillikillidonk und meint: »Weil du so verdammt schlecht trommelst.«

Alles okeh – Kartoffelpüreh

Samstag, 15. Juli

Halli hallo, Tagebuch!
Jetzt bin ich auf Jamaika. Erstaunlicherweise sprechen die Leute hier englisch. Nur eins kapier ich nicht. Die Jamaikaner müssen falsch informiert sein. Alle nennen mich »Buddy« anstatt Bert.
»What's up, Buddy«, sagen sie.
»No, Bert«, erkläre ich.
Die Flugreise gestern war echt komisch. Im Flugzeug saß ich neben einer dicken Tante, die einen irren Hut aufhatte. Sie sprach die ganze Zeit mit mir.
»Hröööhmm«, sagte sie.

»Yes?« antwortete ich interessiert.

»Hroll?«

»Yes? What?«

So machten wir eine Zeitlang weiter. Ich verstand nicht, was sie sagte, lachte aber liebenswürdig über ihre vermeintlichen Scherze. Nach zwei Stunden ging mir auf, daß die Unterhaltung der Tante mit mir gar keine Unterhaltung war. Sie hatte nur Atemschwierigkeiten. Ich hab mich halbtot geschämt! Die arme Tante! Ich bat Papa, mit mir den Platz zu wechseln, aber er weigerte sich.

Urkomisch war auch die Landung. Niemand blieb auf seinem Platz sitzen, sondern alle rannten mit weit aufgerissenen Augen wie die Verrückten umher. Das war komischer als ein Film mit Dick und Doof. Als die Schau zu Ende war, klatschte ich begeistert Beifall, bis wir draußen bei der Paßkontrolle waren.

Alles okeh – Kartoffelpüreh

Sonntag, 16. Juli

Halli hallo, Tagebuch!
Am liebsten wär ich jetzt ein Eiswürfel! Gestern lag ich den ganzen Tag am Strand. Heute liege ich den ganzen Tag in der Badewanne. Bin völlig verbrannt. Außerdem fängt Jamaika an, mich zu nerven, wegen der vielen Verkäufer, die einem echt komische Sachen andrehen wollen.
Gestern wurde ich von 500 000 Verkäufern überfallen, die mir hölzerne Kuhköpfe, jamaikanische Trommeln und Golduhren aufschwätzen wollten. Papa war der Ansicht, es sei ein ausgezeichneter Kundendienst der internationalen Uhrenfirmen, ihre Verkäufer bis nach Jamaika zu schicken. Er kaufte eine goldene Uhr und wollte dafür eine Quittung und einen Garantieschein haben. Das fand der Verkäufer sehr witzig. Wir hörten ihn 4 Kilometer lang lachen.
Nach ungefähr zehn Minuten verschwanden die Zeiger an der Uhr. Papa versuchte den Verkäufer einzuholen, um ihm die Meinung zu sagen. Nach 15 Minuten kam er mit drei neuen Qualitätsuhren zurück. Heute morgen war noch eine davon ganz. Papa wollte die Polizei einschalten, um sein Geld wiederzukriegen. Ich schlug ihm vor, sich lieber an den Kundendienst in Hütte Nr. 3 zu wenden, um seine Beschwerde über die Qualitätsuhren loszuwerden.

Alles okeh – Bananenpüreh

Montag, 17. Juli

Halli hallo, Tagebuch!
Allmählich wird es langweilig hier auf Jamaika. Das fängt schon beim Frühstück an. Drei Tage hintereinander haben wir das gleiche Frühstück gekriegt: Wassermelone und Teekuchen.
Hab das Gefühl, daß meine Birne langsam anschwillt und die Form einer Wassermelone annimmt.
Wir sind die einzigen Schweden im Hotel, dann sind da noch ein paar dicke Amerikaner, ein blauhaariger Kanadier und ein paar dünne Amerikaner.
Viele Jamaikaner wollen schwarz mit uns wechseln. Sie wollen amerikanische Dollar haben. Das hat nichts mit ihrer Hautfarbe zu tun. In Rußland wechselt man ebenfalls schwarz, und dort sind die Leute weiß.
Unser Frühstückskellner fragte, ob wir schwarz mit ihm wechseln wollten. Papa war einverstanden. Doch dann hat dieser Trottel so wild mit den Scheinen herumgefuchtelt, daß der Hoteldirektor alles sah.
Der Kellner wurde gefeuert. Jetzt ist eine wütende arbeitslose jamaikanische Familie hinter uns her.
Hoffentlich können wir unsere Heimreise vorverlegen, sonst müssen wir vielleicht ohne Flugzeug, nur mit Engelsflügeln, in den Himmel fliegen.

Aber mein Alter, dieser miese Typ, der unschuldige Leute arbeitslos macht, der kann von mir aus mit dem Aufzug abwärts fahren.

Alles okeh – Melonenpüreh

Dienstag, 18. Juli

Halli hallo, Tagebuch!
Leider mieteten wir gestern ein Auto, um die Insel zu besichtigen. Unter anderem wollten wir die Gegend anschauen, wo der amerikanische Film »Papillon« gedreht wurde.
Mama weigerte sich zu fahren, weil sie Kopfschmerzen hatte. Ihre Kopfschmerzen hätten unser Tod werden können. Papa setzte sich ans Lenkrad.
Bedauerlicherweise vergaß er, daß auf Jamaika Linksverkehr ist. Erst mähte er zwei Mopedfahrer in den Graben, dann legte er den Renngang ein und fuhr im Rallyestil davon.
Nach 140 Kilometern hatte Papa sich beruhigt. Mama wollte aussteigen und per Anhalter zum Hotel zurück. Das durfte sie nicht. Papa verriegelte die Tür.
Nachdem das Ehedrama überstanden war, suchten wir nach der Gegend, wo der Film gedreht worden war. Papa hielt an einer Bushaltestelle, wo eine Menge Leute warteten, und fragte in seinem allerbesten Englisch:
»Excuse me. Do you know where the film Papillon has been gedreht worden?«
Zwanzig erstaunte Augenpaare starrten uns an. Ich genierte mich und kroch vom Rücksitz auf den Boden und schrie:

»TURISTA! TURISTA!«
Dann ging die zweite Rallyerunde los.

Alles okeh – Bananenpüreh

Mittwoch, 19. Juli

Halli hallo, Tagebuch!
Hab mich immer noch nicht von dem vorgestrigen Ausflug erholt. Als wir von der Schreckensfahrt nach Hause kamen, fragte die Dame am Empfang, wie unser Ausflug gewesen sei. Papa wollte ihr erklären, daß die Straßen sehr löchrig gewesen waren. Er wußte, daß Loch »hole« heißt, und sagte in einwandfreiem Englisch:
»O God, very God, but the road was very holy.«
Was leider ungefähr folgendes bedeutet: O Gott, sehr Gott, aber die Straße war sehr heilig.
Da beantwortete die Empfangsdame einen Telefonanruf, obwohl das Telefon gar nicht geläutet hatte.
Gestern war ich unterwegs, um Eidechsen zu suchen. Ich fand drei Stück. Die erste steckte ich in Mamas Kleid, die zweite in Mamas Bett. Die dritte Eidechse war Barmixer in der Strandbar, die konnte ich nirgends hinlegen. Statt dessen knipste ich ihn.
Da erzählte die Eidechse in der Bar, daß sie vor zwei Jahren

schwere Brandverletzungen im Gesicht gehabt hatte. Ich schämte mich ganz entsetzlich, und der Typ tat mir echt leid. Also riß ich den Film aus der Kamera und spülte ihn im Klo runter. Hinterher fiel mir ein, daß Aufnahmen von unserem Familienausflug auf diesem Film gewesen waren. Da werden Vater und Mutter sich freuen.

Alles okeh – Bananenpüreh

Donnerstag, 20. Juli

Halli hallo, Tagebuch!
Mein Leben als Playboy hat angefangen. Gestern habe ich im Meer geschnorchelt. Schnorcheln heißt, daß man ins Meer taucht und Fische beobachtet. Ich bin ins Meer getaucht und hab Bräute beobachtet – von unten.
Anfangs wußte ich nicht, wie man schnorchelt. Mindestens ein dutzendmal schluckte ich kaltes Wasser und einmal Feuerwasser, nämlich als ich oben auf dem Segelboot an Papas sonnenwarmem Whisky nippte. Es schmeckte zum Kotzen.
Nachdem der Schnorchellehrer uns beigebracht hatte, wie man durch den Schnorchel atmet, begannen alle zu schnorcheln. Nur ich nicht. Eine der Bräute sah von unten echt scharf aus. Von oben betrachtet hatte sie eine Kartoffel-

nase. Ich hatte Glück. Nur zwei Zentimeter hätten gefehlt, und ich hätte mich mit ihr verabredet. Statt dessen tauchte ich wieder unter und himmelte sie von unten an.
Ich himmelte so sehr, daß ich gegen eine Koralle knallte.

Alles okeh – Bananenpüreh

Freitag, 21. Juli

Halli hallo, Tagebuch!
Ich hab Heimweh. Ich will nach Hause zu Paulina. Am liebsten würde ich jetzt neben ihr unter einer Decke liegen und – ihr ein paar Kartentricks beibringen.
Möchte bloß wissen, ob Schweden noch existiert? Vielleicht ist es im Meer versunken? Das einzige, was man noch vom Land sieht, ist der höchste Berg von Schweden, der Kebnekaise, der wie eine winzige Insel weit oben rausschaut.
Gestern waren alle im Hotel glücklich. Bloß ich nicht. Wir beobachteten von einem Restaurant aus den Sonnenuntergang. Es war scheißromantisch, und das Restaurant wimmelte nur so von Liebespaaren, die seufzend dahockten, während die Sonne sich verabschiedete. Ich selbst hockte neben einem Esel und seufzte. Eines der Liebespaare waren Papa und Mama. Sie wickelten sich höchst anstößig um-

einander und küßten sich ungeniert vor der schockierten Öffentlichkeit. Die schockierte Öffentlichkeit war ich. Als ich es nicht mehr aushielt, kam ich auf die geniale Idee, zu fragen, wie es dem SSV in der Schwedischen Fußballiga eigentlich geht. Weder Papa noch Mama mochten antworten. Da stellte ich mich auf einen Stuhl und heulte wie ein einsamer Wolf die untergehende Sonne an.

Alles okeh – Bananenpüreh

Samstag, 22. Juli

Halli hallo, Tagebuch!
O Schweden, o Heimatland. Bald werde ich deine Erde küssen. Heute fliegen wir wieder nach Hause. Papas Urlaub ist bald zu Ende, und er hat schon wieder Bauchschmerzen.
Gestern waren wir auf einer Reggae-Party. Eine Band spielte Reggaemusik, und alle waren happy, nur Papa nicht. Mama wurde nämlich die ganze Zeit aufgefordert, da wurde er eifersüchtig, ging zur Bar und bestellte einen doppelten Whisky.
In puncto Romantik hatte ich Glück. Drei scharfe Jamaikagirls begannen wie wild mit mir zu flirten, und ich fühlte

mich sehr geschmeichelt, bis der Reiseleiter mir klarmachte, daß das berufstätige Damen waren.
»Das ist meine Mutter auch. Sie ist Busfahrerin.«
Da erklärte der Reiseleiter, daß diese Mädchen gegen Bezahlung flirteten und noch einiges mehr taten. Als ich das kapiert hatte, schlich ich in mein Zimmer und kroch ins Bett.

Alles okeh – Bananenpüreh

Sonntag, 23. Juli

Halli hallo, Tagebuch!
Jetzt bin ich bald wieder zu Hause. Ich sitze im Flugzeug und schreibe. Wir befinden uns im Landeanflug. Papa schläft und gibt seinen Mitreisenden ein Schnarchkonzert. Als Zugabe sabbert er ab und zu ein bißchen.
Wir haben einen echt komischen Heini aus Finnland an Bord. Erstens ist er stinkbesoffen, und zweitens wäre er deswegen fast auf Island rausgeflogen, und drittens begab er sich mit seiner Tasche zum Ausgang, als der Kapitän mitteilte, daß wir bald in Stockholm landen würden. Der Finne glaubte wohl, er sei im Zug und dürfe gleich als erster aussteigen.
Allmählich fängt es an, hier im Flugzeug nach Schweden zu

riechen. Aber vielleicht ist das auch nur Papa, der mir seinen abgestandenen Whisky ins Gesicht schnarcht.
Mama ist braungebrannt und sieht beinahe jung aus. Wenn man es nicht wüßte, könnte man meinen, sie wäre meine große Schwester. Das hab ich ihr gesagt. Da hat sie gelacht und an ihrem Ehering herumgedreht.

Alles okeh – Kartoffelpüreh

Montag, 24. Juli

Halli hallo, Tagebuch!
Endlich wieder daheim! Mein Zimmer sieht noch so aus, wie ich es verlassen habe, nur hat Oma sämtliche Hardrock-Poster entfernt, die ich aufgehängt hatte. Statt dessen hat sie die Weihnachtsplakate der Heilsarmee vom letzten Jahr an die Wand gepinnt. Es hilft alles nichts, eines Tages werde ich mich an diesem Weib vergreifen!
Heute morgen sah ich meine Post durch. Ein sympathischer junger Mann hatte gut formulierte, humorvolle Ansichtskarten aus New York und Jamaika geschickt.
Außerdem hatte ein ausgemachter Trottel namens Arne Nordin sieben schlampig geschriebene Ansichtskarten aus Norwegen geschickt. Auf jede Karte hatte er nur ein einziges Wort gekritzelt, und Briefmarken hatte er auch nicht

draufgeklebt, der Geizkragen. Mit diesen Wortkarten sollte man einen Satz zusammenpuzzeln. Zuerst kam folgendes dabei heraus: »Norwegen und ich erforsche in Flechten bin.« Ich hielt es für Norwegisch, bis ich die Wörter zufällig vertauschte. Das ergab: »Ich bin in Norwegen und erforsche Flechten.«
Dann waren da noch sieben Mahnbriefe von der Post wegen der nicht frankierten Ansichtskarten. Wenn Arne zurückkommt, erwürge ich ihn.

Alles okeh – Kartoffelpüreh

Dienstag, 25. Juli

Halli hallo, Tagebuch!
Alles ist wieder beim alten. Nicht ein einziger Mückenschiß hat sich verändert. Papa arbeitet wieder und hat Bauchschmerzen, und Mama liest Zeitschriften.
Als wir gestern unser Auto bei Oma abholten, vergaß Papa, daß in Schweden seit 1967 Rechtsverkehr gilt. Er mähte zwei Mopedfahrer in den Graben. Dann fegte er als echter Rennfahrerprofi davon.
Gestern rief ich Paulina an. Sie war nicht da. Dann rief ich Erik, Nicke, Benny und Björna, Torleif, Bengt-Göran, Anton und Pecka an. Kein Schwein war zu Hause. Da rief ich

auf gut Glück irgendeine Nummer an und erzählte einem zweiunddreißigjährigen Schnapsbruder von meiner Jamaikareise.
Keine Ahnung, was ich heute anfangen soll. Hab mir schon überlegt, ob ich nackt durch die Stadt laufen soll, nur damit etwas passiert. Arne hat das einmal gemacht. Aber nichts passierte. Kein Mensch reagierte auf Arnes schrumpligen Körper. Alle glaubten, er hätte einen Regenmantel an. Noch ein halbes Jahr danach nannten wir ihn nur »Regenmantel-Arne«.
Vielleicht könnte ich zu Oma fahren und alle ihre Bilder von der Wand abhängen und statt dessen Hardrock-Poster aufhängen – als Rache für das, was sie in meiner Abwesenheit mit meinem Zimmer angestellt hat.

Alles okeh – Kartoffelpüreh

Mittwoch, 26. Juli

Halli hallo, Tagebuch!
Hab ein Telegramm von Arne bekommen, der leider am Freitag heimkommt. Dies ist der Wortlaut seines Telegramms:
HALLO BERT STOP ICH BIN IN NORWEGEN STOP HABE DREIZEHN FLECHTEN ENTDECKT

STOP HILLEVI HAT AUF DEM TISCH GETANZT STOP MEINE GANZEN ERSPARNISSE STOP GEHEN MIT DIESEM WICHTIGEN TELEGRAMM STOP FLÖTEN STOP GEWISSE WÖRTER KANN ICH MIR NICHT LEISTEN STOP MEIN SCHÖNSTES ERLEBNIS HIER IST ZU ENDE
Vielleicht hat Arne draußen in der Wildnis den Verstand verloren. Vielleicht hat er rohes Fleisch gegessen und Gehirnwürmer gekriegt. Gehirnwürmer fressen sämtliche Zellen im Gehirn auf, bis der Schädel wie eine leere Walnußschale ist. In Oslo kommt so was häufig vor. Ich hab über einen russischen Jungen gelesen, der in allen Fächern Klassenbester war. Als man sein Gehirn röntgte, entdeckte man, daß er keines hatte. Da wurde er über Nacht strohdumm. Wie das Sprichwort so richtig sagt: Was man nicht weiß, macht einen nicht heiß.

Alles okeh – Kartoffelpüreh

Freitag, 28. Juli

Halli hallo, Tagebuch!
Heute kommt mein norwegischer Kumpel Arne Nordin aus Oslo zurück. Arne wird mich bestimmt auf norwegisch anquatschen. Dann kontere ich auf jamaikanisch. Arne zu Ehren hab ich eine Empfangszeremonie vorbereitet und

eine Baisertorte gebacken. Allerdings wurde die Torte nicht ganz so, wie ich es erwartet hatte. Anstelle von luftigen Baisers liegen nur ein paar Krümel Puderzucker traurig auf dem Blech herum.

Ich werd Arne einen neuen Hit vorspielen, der von Jamaika handelt. Das hier ist der Text:

Ich war auf Jamaika – ohne meine Balalaika.
Da kaufte ich 'ne Trommel – die spiel ich ohne Bommel.

Mehr Reime sind mir nicht eingefallen. Also schrieb ich auf englisch weiter:

Yeah baby, kiss me, yeah.

Wenn das kein Hit wird!

Hab immer noch nichts von Paulina gehört. Ich hab mir schon überlegt, ob ich eine neue Braut aufreißen soll, nur um Paulina zu ärgern. Allerdings gehen wir ja nicht miteinander, daher reagiert Paulina vielleicht gar nicht.

Ich weiß nur eins. Wenn ich nicht bald was von ihr höre, schnapp ich über.

Alles okeh – Kartoffelpüreh

Samstag, 29. Juli

Halli hallo, Tagebuch!

Gestern traf ich meinen Freund Arne. Arne erzählte von Norwegen.

Er sagte, der Unterschied zu Schweden sei *enorm*. In Norwegen haben sie keine Kinos, behauptete Arne. Dort zeigen sie immer nur Dias. Kein Norweger ist bisher auf die Idee gekommen, das Kino zu erfinden. Dann sagte Arne, daß in Norwegen Bürgerkrieg herrscht. Gestreifte Menschen kämpfen gegen karierte.

»Gibt es in Norwegen karierte und gestreifte Menschen?« fragte ich verblüfft.

»Klaro«, sagte Arne und zeigte mir ein paar Streifen an seinem Arm. »Und ansteckend ist es auch noch.«

Das fand ich unheimlich. Ich bat Arne, das Thema zu wechseln. Er ging zur Fischindustrie über. Er hatte ein paar Fischern vorgeschwindelt, daß sein Vater Meeresbiologe sei.

Da durfte Arnes Vater einen Studienbesuch in einer Fischfabrik machen. Die Fischer fragten Arnes Vater eine Menge Zeug, von dem er keine Ahnung hatte. Arnes Vater antwortete immer nur:

»Kann sein, kann sein.«

Als Abschiedsgeschenk erhielt er zwölf Kilo Dorsch. Arne reservierte freundlicherweise vier Kilo für mich. Das Paket hat sechs Tage im Auto gelegen. Jetzt hab ich hier zu Hause eine chemische Waffenindustrie.

Alles okeh – Dorschpüreh

Sonntag, 30. Juli

Halli hallo, Tagebuch!
Heute abend geht die Post ab! Arne und ich haben vor, in einem Spukhaus zu übernachten, um zu untersuchen, ob es dort überhaupt Gespenster gibt oder nicht.
Für eine seriöse Gespensteruntersuchung ist eine gewisse Gespensteruntersuchungsausrüstung unentbehrlich. Unter anderem eine Spinnangel mit speziellen Gespensterbonbons als Köder. Wir haben keine Spinnangel, also werden wir mit einer normalen Angel auskommen müssen. Gespensterbonbons haben wir auch keine. Dafür nehmen wir Hundeleckerlis. Hoffentlich klappt das. Wenn wir Pech haben, kriegen wir einen Dorfköter auf den Hals.
Was wir tun werden, wenn wir ein echtes Gespenst erwischen, ist mir noch nicht ganz klar. Wahrscheinlich bringen wir es zum Müllplatz, oder wir stopfen es aus und verkaufen es an ein Museum.
Eine dritte Möglichkeit wäre, das Gespenst zur Polizei zu bringen und es dort im Fundbüro abzuliefern.

Nach vierzehn Tagen kommt dann ein Zombie und holt das Gespenst. Dann gibt der Zombie uns einen Finderlohn – je einen Schrumpfkopf, den wir uns an die Wand hängen können.
Mannomann, das wird vielleicht unheimlich heute abend! Vielleicht entdecken wir irgendwas, das noch kein Mensch vor uns je entdeckt hat, und dann landen wir in den Geschichtsbüchern. Das ist ja das unheimliche an der Sache – ich hasse nämlich Geschichte.

Alles okeh – Kartoffelpüreh

Montag, 31. Juli

Halli hallo, Tagebuch!
Ich verabscheue Spukhäuser! Ich und Arne haben heute nacht versucht, in einem Spukhaus zu übernachten. Um zehn nach zwölf sind wir geflohen. In dem Spukhaus gab es jede Menge Gespenster. Ein Gespenst klang haarscharf wie eine Kröte. Ein anderes wie ein unheimlich pfeifender Wind. Das dritte Gespenst war besonders schlau: Es klang wie Arne.
»Nein, das halt ich nicht aus! Hilfe, Papa!« rief das Gespenst mit Arnes Stimme.
Da verdünnisierten wir uns. Meine eigenen Gespenster zu

Hause in der Wohnung reichen mir völlig – Mama und Papa nämlich.
Heute ist der letzte Tag im Juli. Morgen beginnt der Schulanfangsmonat. Ich komme in die siebte Klasse. In der Siebten lernt man vor allem, wie man mit Stimmbruchstimme redet, wie man raucht und priemt, Schnaps trinkt, den Mädchen Kinder macht und Gleichungen löst. Vor mir liegen schwere Zeiten. Paulina kommt auch in die Siebte. Weiß allerdings nicht, ob ich mich überhaupt an sie erinnere. Sie will nichts von mir wissen. Hab schon lange nichts mehr von ihr gehört. Vielleicht weiß sie gar nicht, daß ich von Jamaika zurück bin? Vielleicht sollte ich ihr einen anonymen Brief schicken. *Für den Fall, daß du es noch nicht weißt – Bert ist zu Hause. Grüße von einem Unbekannten.*
Dann würden wir heiraten und auf Jamaika Flitterwochen machen und in den Sonnenuntergang schauen.

Alles okeh – Kartoffelpüreh

Dienstag, 1. August

Halli hallo, Tagebuch!
Heute ist der allererste August dieses Jahres. Und der olle Björkman, dieser Saufkopf, ist der allergrößte Idiot dieses Jahres. Gestern wollten Erik und ich in unserem Hinterhof friedlich Murmeln spielen. Es machte Mordsspaß, und ich hatte Erik fast sämtliche Murmeln abgenommen. Da streckte Björkman seinen Zinken zum Fenster raus und kläffte, wir sollten gefälligst still sein. Das sei ja das reinste Erdbeben, was wir da mit unseren Murmeln machten, behauptete er. Wir hatten volles Verständnis für ihn und zeigten ihm den Finger.
Björkman schrie, er werde seine Luftpistole holen und uns den Arsch wegschießen. Nach längeren intensiven Verhandlungen einigten wir uns darauf, daß wir unsere Murmeln mit Wollfäden bekleben würden, um ihr Geräusch zu dämpfen. Doch ab da hatte ich Pech und verlor alle meine angesammelten Murmeln.
Ich befinde mich jetzt auf dem Kriegspfad gegen Björkman. Erik dagegen nicht. Er findet, daß Björkman ein sehr netter alter Herr ist. Erik hat noch nie so viele Murmeln gehabt wie jetzt. Ich werde mich rächen. Heute nacht wird der Rächer umgehen. Morgen mehr darüber.

Alles okeh – Kartoffelpüreh

Mittwoch, 2. August

Halli hallo, Tagebuch!
Rache ist Blutwurst. Heute nacht hab ich mich am alten Björkman gerächt, weil er dafür gesorgt hat, daß ich meine sämtlichen Murmeln an meinen mikroskopischen Kumpel Erik verloren hab. Erik wird im Laufe der Zeit immer kleiner und kleiner. Aber diese Betrachtung soll nicht von Eriks Zwergenwuchssymptomen handeln, sondern von meiner Rache am beschissenen ollen Björkman. Wenn ich an den alten Scheißkerl denke, werd ich ehrlich stinkwütend. »Achte auf deine Sprache!« sagt Mama immer. Aber in dieser Lage ist mir das scheißegal.
Also, heute nacht schlich ich zu Björkmans Tür runter und steckte ihm aus Versehen ein paar faulige Krabbenschalen unter die Laschen seiner Schuhe, die draußen vor der Tür standen. Heute hat das bereits Folgen gehabt. Im Treppenhaus stank es so bestialisch, daß Frau Andersson eine Desinfektionsfirma angerufen hat. Ein Typ von der Firma tauchte prompt hier auf und schnupperte. Aber er konnte nichts Verdächtiges finden und zog unverrichteter Dinge wieder ab.
Papa hat nichts dazu gesagt, aber manchmal wirft er mir Blicke zu, die nichts Gutes verheißen. Dann mache ich jedesmal ein unglaublich harmloses Gesicht. Du und ich, liebes Tagebuch, sind die einzigen, die wissen, was in der

Nacht zwischen dem 1. und dem 2. August geschah. Möge das Verbrechen nie aufgeklärt werden.

Alles okeh – Krabbenpüreh

Donnerstag, 3. August

Halli hallo, Tagebuch!
Ich habe mich verraten. Und das nur, weil ich im Besitz einer Zunge bin, die keinerlei Kontakt zur Großhirnrinde hat. Gestern rutschte mir die Zunge aus. Ich versprach mich, und zwar, als ich den ollen Björkman draußen im Hof sah. Ich ging zu ihm raus und fragte:
»Haben Sie die Krabbenschalen schon unter den Laschen vorgepult?«
Dann merkte ich, was ich gesagt hatte, und versuchte, mich unter meinen eigenen Füßen zu verstecken. Björkman starrte mich an und gab mir als Dank für meine Mühe eine Ohrfeige.
Papa bekam von Björkman eine Rechnung für ein Paar neue italienische Schuhe. Als Björkman meine fauligen Krabbenschalen unter den Laschen lospulte, fiel ein äußerst unhygienisches Krabbenauge raus und kullerte die Treppe runter, immer hinter mir her. Ich schrie um Hilfe und verlangte, daß wir das ganze Haus räumen sollten.

Lennart Jönsson war der einzige, der meiner Forderung nachkam. Er wohnt jetzt im Scandic Hotel.

Nix ist okeh – Krabbenpüreh

Freitag, 4. August

Halli hallo, Tagebuch!
Heute bin ich krank. Sehr krank. Ich hab so Heimweh nach Paulina. Es kommt mir vor, als hätte ich seit 13 Jahren nicht mit ihr gesprochen. Vielleicht hab ich einen Hodenbruch oder Pimmelasthma. Seit einiger Zeit schwitze ich nachts und fühle mich sehr seltsam an Leib und Seele. Ich bin pubertätspornographisch geworden. Ich denke nur an Sex. Alles, was ich tu, kommt mir irgendwie pornographisch vor.
Wenn ich Zimtschnecken esse, zum Beispiel, hab ich das Gefühl, Busen zu essen. Nicht Mamas natürlich, sondern Mädchenbusen. Und jeden Morgen wache ich mit einem muskelaktivierten Penis auf. Mit einem stahlharten Ständer. Dann versuche ich, ihn in seine normale Lage zurückzubiegen, aber das geht nicht. Er federt immer wieder zurück.
Ich kann mich nicht mehr in Unterhosen am Frühstückstisch zeigen und trage daher neuerdings einen weiten Mor-

genrock, damit sich die Muskeln dort unten in aller Ruhe entspannen können.
Und Mädchen, Mädchen, Mädchen – ich denke an nichts anderes. Das spezielle Mädchen, an das ich am meisten denke, hat schon sehr lange nichts mehr von sich hören lassen. Paulina! Ich habe zu Gott gebetet, daß sie ein Lebenszeichen von sich gibt. Hoffentlich ist der liebe Gott inzwischen aus dem Urlaub zurück. Wenn er sich nicht um mein schönes Gebet kümmert, werde ich aktiver Atheist und leugne seine Existenz.

Nix ist okeh – Leberpüreh

Samstag, 5. August

Halli hallo, Tagebuch!
Bin erhört worden, Paulina rief gestern an. Sie erzählte, daß sie einen Holzsplitter in den Finger gekriegt hatte, und beschrieb ausführlich, was für ein Gefühl das war. Eine halbe Stunde lang hörte ich pflichtschuldig zu und sagte alle fünf Minuten »aha«, um den Schein zu wahren. Dann fragte sie mich, wie es mir ergangen sei.
Ich glaube kaum, daß Paulina verstand, was ich sagte. Ich wurde so eifrig, daß ich fünf Wörter gleichzeitig rausblubberte. Schließlich sagte ich:

»Bllambh.«
Das ist kein Wort, bedeutet nur, daß ich einen Zungenkrampf hatte.
Es gelang mir hervorzupressen, daß ich gerade jetzt ein wenig Zungenmassage nötig hätte. Da schlug die sinnliche Paulina vor, daß ich meine Zunge mit der Faust kneten und folgenden Satz üben sollte: Minne monne, minne monne, minne monne, minne monne.
Und dabei hatte ich versucht, Paulinas Gedanken auf Küssen und Knutschen zu lenken, aber was war das Ergebnis? Eine Faust und Minne monne.

Alles okeh – Kartoffelpüreh

Montag, 7. August

Halli hallo, Tagebuch!
Ich mache mir Gedanken über Muskeln. Und zwar, weil ich keine hab. Ein durchtrainierter Körper sieht aus wie ein V. Mein Körper sieht aus wie ein großes A. Die Pubertät ist die Zeit, in der die Muskeln sich zu entwickeln beginnen. Meine haben das noch nicht geschnallt. Gestern preßte ich den Mund an die Wadenmuskeln und schrie: »LOS, WACHST ENDLICH!!! WACHST GEFÄLLIGST!!!«, mit dem einzigen Ergebnis, daß ich ein bißchen Spucke am

Bein hatte. Darauf beschloß ich, mit Bodybuilding anzufangen. Für den Anfang werde ich erst mal 4 Kilo stemmen, um den Körper nicht gleich zu schocken.
Ich rief Arne an und schlug ihm vor, an meinem anstrengenden Aufbauprogramm teilzunehmen. Er war der Ansicht, ich hätte mir faschistische Gewohnheiten zugelegt.
»Was?« fragte ich verdattert.

»Ich verurteile das Phänomen als Teil des kapitalistischen Netzwerks«, leierte Arne.
»Do you speak Swedish«, versuchte ich.
Ich kapierte null von dem, was Arne faselte. Manchmal ist er wirklich echt beknackt. Er versuchte mich zu überzeugen, daß man seinen Körper so lieben soll, wie er ist.
»Hast du dich selbst in letzter Zeit mal im Spiegel angeguckt?« fragte ich.
Am anderen Ende der Leitung wurde es still. Arne blieb ein Weilchen weg. Dann kam er zurück und fragte traurig: »Wann fangen wir mit deinem Bodybuildingprogramm an?«

Alles okeh – Kartoffelpüreh

Dienstag, 8. August

Halli hallo, Tagebuch!
Heute hat die Königin von Schweden Namenstag. Also Silvia. Heute morgen rief ich im Schloß an, um der Königin zu gratulieren. Aber ich geriet nur an eine Telefonzentrale, wo ich einem Typ, der bei der Königin angestellt war, *Viel Glück und viel Segen* vorsingen durfte. Er sagte, er werde den Gruß weiterbefördern. Da bat ich ihn noch schnell, der Kronprinzessin Victoria auszurichten, daß sie echt spitzen-

mäßig gut aussieht. Mit Grüßen von einem armen, aber edlen Ritter.
Vielleicht sollte ich Victoria heiraten! Dann würde ich in ein paar Jahren König werden. Arne wird bestimmt sauer, wenn ich König werde. Aber ich werde ein gnädiger König sein und Arne als Hofnarren anstellen. Papa stelle ich als Schweinehirten an und Mama als Köchin. Auch wenn man es in der Welt zu etwas gebracht hat, darf man den Kontakt zu seinen Wurzeln nicht verlieren.
Würde zu gern wissen, ob alle Könige der Welt einen Club haben. Einen Club, wo sie ihre Reichtümer vergleichen und ihre Hofnarren vorführen. Ich würde lässig mit Abstand gewinnen, wenn ich meinen sympathisch bekloppten Hofnarren, Arne Nordin, vorführen würde.
Jetzt muß ich aufhören, weil ich der Kronprinzessin Victoria einen Heiratsantrag schreiben muß.

Alles okeh – Kartoffelpüreh

Donnerstag, 10. August

Halli hallo, Tagebuch!
Heute abend findet bei uns im Haus das große Krebsessen statt. Alle Nachbarn machen mit. Jeder bringt seine eigenen Krebse mit. Aber der olle Björkman bringt bestimmt

nur einen Kanister voll selbstgebranntem Schnaps mit. Herr Panatta findet Krebse eklig.
»Das ist ja ungefähr, als würde man Spinnen essen«, sagt dieser Spinner. Er hat versprochen, statt der Spinnen eine eigene Spezialität mitzubringen. Heute morgen war ich bei Panattas und hab ihre Spezialitäten probiert. Sie sahen wie Schokoladenpralinen aus.
»Mm, lecker«, sagte ich und probierte noch eine.
»Wirklich ungewöhnlich, daß ein Schwede Riesenameisen im Schokoladenmantel mag.«
Da überfiel mich eine akute Magengrippe. Ich mußte raufrennen und für längere Zeit die Kloschüssel beschimpfen.
Papa hatte den Auftrag, bis heute abend lustige Partyhüte zu besorgen. Aber er fand keine, also mußte er ein paar Tankstellenmützen kaufen und aus alten Zeitungen Bootsmützen falten und kleben.
Das einzig Erfreuliche an diesem Krebsessen ist Anki Jönsson. Anki Jönsson steckt lässig jedes Fotomodell in die Tasche. Ich werde sie den ganzen Abend in mein Gedächtnis reinfotografieren.

Alles okeh – Krebspüreh

Freitag, 11. August

Halli hallo, Tagebuch!
Jetzt muß ich von dem Krebsessen erzählen, das gestern in unserem Hinterhof stattfand. Es wurde erstaunlicherweise ein gelungenes Fest.
Das einzige kleine Mißgeschick ereignete sich, als Papa eine Rede halten sollte. Gleich bei der Einleitung trat er tüchtig ins Fettnäpfchen. Er begann nämlich: »Meine lieben Schweden...«
Die Familie Panatta rutschte auf ihren Stühlen herum, und Mama räusperte sich. Da sagte er nichts mehr. Die Rede fiel sehr kurz aus.
Dann wurden Krebse gefuttert. Björkman hatte keine Lust, seine zu schälen, sondern aß sie einfach so auf, mit Schale und allem Drum und Dran. Olle Collin spielte Gitarre und sang dazu. Anki Jönsson war schön wie ein Krebsschwanz.
Dann passierte ein kleiner Unfall. Frau Panatta forderte Lennart Jönsson zu einem wilden Flamenco auf. Der Flamenco wurde so wild, daß Lennart sich bedroht fühlte. Er warf Frau Panatta mit einem Judogriff über die Schulter, und dabei verstauchte sie zwei kleine Finger. Einer war ihr eigener, der andere gehörte Papa. Er hatte nämlich versucht, sie im Fall aufzufangen. Herr Panatta fand das so lustig, daß er seine Videokamera holen wollte, um diese fet-

zige Nummer zu filmen. Er bat Papa und Frau Panatta, es bitte zu wiederholen, aber beide weigerten sich.

Alles okeh – Krebspüreh

Samstag, 12. August

Halli hallo, Tagebuch!
Hurra! Hurra! Endlich bin ich happy. Gestern hab ich Paulina getroffen. Sie war genauso schön wie früher, ja, wenn überhaupt möglich, sogar noch schöner. Wir legten uns im Schloßpark auf den Rasen, sonnten uns und unterhielten uns über die siebte Klasse. Nur noch eine Woche, dann ist es soweit. Ich gestand, daß mir ziemlich mulmig sei, wegen der vielen Neuntkläßler. Paulina dagegen sagte, daß sie sich auf die Siebte freut, und zwar gerade wegen der vielen Neuntkläßler. Weil es da so viele gutaussehende Macker gibt!
Ich schob betrübt die Unterlippe vor und zerrupfte eine Margerite. Doch dann sagte Paulina, in der Siebten gibt es auch ein paar ganz flotte Typen. Da versuchte ich, die Margerite zu reparieren.
»Tobias, zum Beispiel«, sagte Paulina.
Da aß ich die Margerite auf.

»Ich hab bloß Spaß gemacht«, sagte Paulina und strich mir über die Wange. Meine Haut entflammte, und ich drehte mich lächelnd zu Paulina um, um ihren Blick zu suchen. Paulina machte gerade ihre Nägel sauber.
»Heehee«, preßte ich zwischen meinen erstarrt grinsenden Lippen hervor.
Paulina lächelte und fragte:
»Hast du schon mal eine Zahnspange gehabt?«
Ich erwachte aus meiner Verzauberung.
Dann radelten wir in verschiedenen Richtungen nach Hause.

Alles okeh – Kartoffelpüreh

Sonntag, 13. August

Halli hallo, Tagebuch!
Im Spätsommer wird man kriminell. Gestern sind ich, Arne und Erik kriminell geworden. Wir machten eine echt schlaue Apfelklautournee. Erik mit seinem braven Gesicht wurde vorgeschickt, um die Apfelbesitzer unter die Lupe zu nehmen. Wenn sie aufmachten, verbeugte er sich höflich und fragte jedesmal:
»Dürfen wir bitte ein paar Äpfel haben?«
Wenn die Antwort ja war, klauten wir keine Äpfel. Aber

wenn der Apfelbesitzer sauertöpfisch war und nein sagte, klauten wir, soviel wir konnten.
Bei einem der Sauertöpfe entstand eine Krise. Er hatte nämlich eine Schrotflinte. Er schoß mit Papierstückchen hinter uns her und traf Erik am Hintern. Nächste Woche in der Schule wird Erik nicht sitzen können. Erik will sich rächen und den Briefkasten des Sauertopfs mit Knallfröschen sprengen.
Arne hat eine andere Idee. Er will den Garten des Sauertopfs umweltzerstören, damit alle Äpfel sterben. Dazu braucht man bloß ein paar Kilo radioaktiven Abfall auf die Wiese zu kippen. Arne will versuchen, den Abfall aufzutreiben, bevor die Äpfel von alleine runterfallen.

Alles okeh – Apfelpüreh

Dienstag, 15. August

Halli hallo, Tagebuch!
Gestern spielte unsere Fußballmannschaft gegen den FC Bölja. Unser Publikum war sehr groß, fast eins fünfundachtzig ohne Schuhe – Schnaps-Arne, der Kumpel zum Trinken suchte und daher auf dem Fußballplatz rumhing. Sonst war kein Schwein da, um uns anzufeuern. Doch, einmal glaubten wir, einen herzhaften Anfeuerungsruf zu hö-

ren. Aber das war bloß der Trainer von FC Bölja, der sich geräuspert hatte.
Nur eine Sache war total gut, nämlich ein Fotograf, der uns die ganze Zeit knipste. Ich spielte wie ein edles wildes Tier und war der beste Spieler auf dem Fußballplatz. Zwei Flanken und ein Tor. Natürlich hat der Fotograf vor allem mich geknipst.
In der Halbzeitpause war der Fotograf das große Gesprächsthema im Umkleideraum. Ich behauptete, er sei vom EXPRESS. Da sagte Ronny, der Fotograf sei sein Vater, der beim »Spargroschen« und der Minderbemitteltenzeitschrift »Die Kameradenpost« arbeitet.
In der zweiten Halbzeit spielte ich daher wie ein Klumpfüßiger und wurde ausgetauscht. Ich benützte die Gelegenheit, um mich mit Ronnys Vater zu unterhalten. Ich bestand darauf, daß er einen schwarzen Zensurstreifen über mein Gesicht klebt, wenn er Bilder von mir in der »Kameradenpost« bringen will. In so einer tuntigen Zeitung möchte ich nicht wiedererkannt werden.
»Keine Angst. In der zweiten Halbzeit hast du so miserabel gespielt, daß du ganz bestimmt nicht in die Zeitung kommst.«

Alles okeh – Kartoffelpüreh

Mittwoch, 16. August

Halli hallo, Tagebuch!
Gestern war vielleicht was los, echt geil! Die ganze Clique ist zum Schwimmen zum Nöckelsee gefahren. Arne hat sich geweigert, ins Wasser zu gehen, obwohl das Wasser 26 Grad warm war. Er behauptete, davon könne man runzlig werden wie ein Bückling und eine gebrauchte Haut bekommen. Alle lachten ihn aus und warfen ihn mit den Kleidern ins Wasser.
Drei ganz Mutige badeten nackt. Die Mutigen waren ich, Björna und Louise. Louise war schön wie am ersten Tag der Schöpfung. Ich glupschte heimlich zu ihr rüber. Alles an ihr wogte und wippte. Ich konnte nichts dafür. Die Mumie erwachte zum Leben. Der Wilde Bill erhob sich und blieb oben. Ein Glück, daß ich im Wasser war. Nur Pech, daß das Wasser so klar war.
Ich mußte etwas unternehmen. Also schwamm ich mit zusammengeklapptem Körper davon, um zu verhindern, daß jemand den Wilden Bill entdeckte. Dann stellte ich mich ins Schilf.
Das war ein ziemlich gutes Versteck. Für den Fall, daß der Wilde Bill aus dem Wasser rausschaute, um Luft zu holen, könnte man von weitem meinen, es handle sich um einen ungewöhnlich dicken Schilfhalm oder um einen aufgerichteten Angelwurm. Dort im Schilf mußte ich stehen und ab-

warten, bis die anderen abhauten, und das dauerte zwei Stunden und zwanzig Minuten.
Als ich aus dem Wasser kam, sah mein Körper aus wie eine zerknüllte Papiertüte.

Alles okeh – Kartoffelpüreh

Freitag, 18. August

Halli hallo, Tagebuch!
Gestern war ich mit meiner Alten einkaufen. Mit seiner Alten einkaufen ist wohl das Bekloppteste, was es gibt. Da kann es einem glatt passieren, daß man in einem Laden landet, in dem nur Damenunterwäsche verkauft wird. In so einem Fall bleibt einem nichts anderes übrig, als sich neben ein Regal zu stellen und ein Gesicht wie ein BH zu machen und sich der Umgebung anzupassen.
Mama wollte mir helfen, Schulsachen zu kaufen. Es begann geradezu umwerfend damit, daß sie mir ein Radiergummi mit »My little pony« drauf kaufen wollte.
»Verehrte Greisin«, sagte ich da, »ich erledige meine Einkäufe selbst.«
Mama murmelte, daß sie noch keine vierzig sei.
Gerade als alles ganz besonders verkorkst war, tauchten drei weitere Verkorkstheiten auf, nämlich die drei fürchterlichen Brüder von Nadja, meiner Ehemaligen – Roffe, Ragge und Reinhold. Zuerst rülpsten sie mich höflich an. Dann verkündeten sie fröhlich, sie seien auf »Beschaffungstournee ohne Bargeld«. Mit anderen Worten – sie klauten. Reinhold hatte einen Zylinder auf. Er lüftete ihn und zeigte, daß er drei Kilotüten Kartoffeln unterm Hut versteckt hatte. Sie verlangten, daß ich ihnen dabei helfen sollte, einen Motorrasenmäher in ihren Hosen rauszu-

schmuggeln. Ich sagte, ich wolle mir die Sache noch ein paar Wochen überlegen. Dann ging ich zu Mama rüber und half ihr beim Schlüpferkaufen.

Alles okeh – Kartoffelpüreh

Samstag, 19. August

Halli hallo, Tagebuch!
Gestern abend war ich zum letztenmal mit der Clique in der Stadt. Es war unser letzter gemeinsamer Abend, bevor die Schule am Montag anfängt. Wir waren achtzehn Typen und Tussis. Als erstes nahmen wir die anstrengende Aufgabe in Angriff, vor der Hamburgerbar in der Drottninggata herumzuhängen. Arne und Björna machten ein Hamburgerwettessen. Arne gewann mit neun Cheeseburgern und einer Portion Pommes frites. Danach lag er über eine Stunde lang regungslos auf dem Boden und wimmerte vor sich hin.
Nachts fuhren wir zum See. Alle badeten nackt. Bin bisher noch nie an einem Nacktbadestrand gewesen. Typisch, daß es dunkel war. Paulina war auch dabei. Ich versuchte, mich die ganze Zeit in ihrer Nähe aufzuhalten, und um optimal zu sehen, kniff ich jedesmal die Augen zu, wenn ich sie anschaute.

Da passierte was Unerklärliches. Paulina kam zu mir hergeschlichen und umarmte mich. Splitternackt! Ich bin noch nie nackt umarmt worden. Hatte das Gefühl, unten ihre Haare zu spüren. Aber es kann natürlich auch Seegras gewesen sein, das meine sensiblen Organe streifte. Von dieser Umarmung werde ich lange zehren. Mindestens bis zur Neunten.

Alles okeh – Kartoffelpüreh

Sonntag, 20. August

Halli hallo, Tagebuch!
Heute nacht hab ich geschwitzt. Von gestern nacht gar nicht erst zu reden. Da floß der Schweiß in Strömen. Das kann natürlich daran liegen, daß ich mir Sorgen um die Laschen an meinen Fußballschuhen mache. Die sind nämlich locker geworden. Die wahrscheinlichere Erklärung ist allerdings, daß ich Paulina nackt umarmt habe. Ich habe einen nackten Frauenkörper in den Armen gehalten! Ich kann an nichts anderes mehr denken.
Heute muß ich in die Kirche gehen und meine Sünden bekennen. Ich werde Jesus bitten, daß er mir vergibt. Bestimmt bin ich der einzige Dreizehnjährige auf der Welt, der dauernd an so unanständige Sachen denkt. Alle ande-

ren haben wahrscheinlich nur Fußball, Hamburger und Skateboards im Kopf. Arne zum Beispiel. Der hat noch nie über nackte Mädchen gesprochen. Arne ist zwar ziemlich matschig in der Birne, aber irgendwann müßte er doch wenigstens einen nackten Knöchel oder so was erwähnen. Aber nicht mal das.
Wenn Jesus mir nicht vergibt, werde ich Buddhist und trete aus der Kirche aus und besuche meine fromme Oma nie mehr. Wenn er mir vergibt, denke ich nie mehr an nackte Weiber, Ehrenwort!

Alles okeh – Kartoffelpüreh

Montag, 21. August

Halli hallo, Tagebuch!
Heute bricht der Tag des Entsetzens an. Schulanfang! Der erste Tag in der Siebten! Umgeben von lauter Monstern aus der Neunten und Ekeln aus der Achten. Alle Neuntkläßler haben nur ein einziges Ziel im Leben – die Siebtkläßler zu piesacken und zu verarschen. Will gar nicht daran denken. Erzähle lieber von meinem gestrigen Kirchenbesuch.
In aller Heimlichkeit ging ich in die Kirche. Meinen Eltern

sagte ich, daß ich zum Flippern geh. Der Grund für meinen Kirchenbesuch war, daß ich Jesus um Vergebung bitten wollte, weil ich nur an nackte Weiber denke. Ich saß in der hintersten Bank und sang am lautesten von allen, damit Gott deutlich hören konnte, wie sehr ich mich ins Zeug legte. Als der Pfarrer sagte: »Lasset uns beten«, fing ich an. Ich faltete die Hände und wiederholte immer wieder: »Ich bitte tausendmal um Vergebung. Vergib, vergib, vergib.« Eine alte Giftspritze in der Bank vor mir drehte sich um und bat mich, die Klappe zu halten. Als der Gottesdienst zu Ende war, tätschelte der Pfarrer mir am Ausgang den Kopf. Das sah ich als Zeichen dafür an, daß mir von höchster Stelle vergeben worden war. Vermutlich per Expreßtelegramm vom lieben Gott. Aber eins schnall ich einfach nicht. Ich denke immer noch nur an nackte Weiber.

Alles okeh – Kartoffelpüreh

Dienstag, 22. August

Halli hallo, Tagebuch!
Jetzt gibt's was zu erzählen! Gestern, gestern, GESTERN hab ich in der Siebten angefangen, in der Siebten, in der SIEBTEN! Morgens wurden wir erst mal alle begrüßt. Das war stinklangweilig. Das einzige, was Spaß machte, war, die neuen Gesichter zu checken, vor allem die der Weiber. Und daß Arne ausgerechnet dann einschlief, als der Rektor seine Ansprache hielt. Diskret war er nicht gerade. Er schnarchte leise vor sich hin und schrie im Schlaf auf. Arne mußte hinterher noch dableiben und sich beim Rektor entschuldigen. Er hatte keine Entschuldigung. Glückwunsch, Arne, zu dem gelungenen Einstieg in die Siebte. Jetzt wissen alle, wer du bist. Vor allem der Rektor.
Hab einen echt geilen Schrank für meinen Schulkram abgekriegt. Das Schloß glänzt sehr elegant, und ich fühle mich wie ein Bankdirektor, der seinen Geldschrank öffnet, wenn ich die Schranktür aufwerfe. Allerdings muß ich aufpassen, daß ich sie nicht zu heftig aufwerfe, sonst krieg ich trouble mit meinem linken Nachbarn. Er wird der »Totengräber« genannt. Als erstes hat er seinen Schrank mit Kautabakdosen gefüllt. Die Bücher, die er nicht mehr im Schrank unterbringen konnte, schmiß er in den Papierkorb. Aber trotzdem kann ich froh und dankbar für meinen Schrank sein. Ich hätte genau so ein Pech haben können wie Erik. Sein

Schrank ist im Flur der Neuntkläßler. Ein paar von uns haben gewettet, wie lange er das überlebt. Ich tippe auf eine Woche.

Alles okeh – Kartoffelpüreh

Mittwoch, 23. August

Halli hallo, Tagebuch!
Gestern einen weiteren Schultag abgehakt. Wir haben unsere Schulbücher gekriegt. Ungefähr 625 Stück. Keine Ahnung, wie ich die alle unterbringen soll. Eine Möglichkeit wäre, dem Beispiel des Totengräbers zu folgen, der alle Bücher wegwirft, in denen keine bunten Bilder sind. Erik, der seinen Schrank bei den Neuntkläßlern hat, fürchtet um sein Leben. Er erzählte mit bebender Stimme, ein kräftiger Neuntkläßler habe ihm auf die Schulter geklopft. Er überlegt, ob er zur Schulschwester gehen und sich eine Armschlinge verpassen lassen soll. Ich hab ihm vorgeschlagen, sich einen Revolver zu kaufen, damit er sich verteidigen kann.
Wie immer macht Sport am meisten Spaß. Es hat nur einen Nachteil, wir haben getrennten Sportunterricht – die Mädchen für sich und die Jungs für sich. Statt dessen teilen wir den Sportunterricht mit einer anderen siebten Klasse. Mit der vom Totengräber. In der anderen Siebten scheinen keine besonders guten Handballer zu sein. Wenn der Totengräber mir keine Rippen bricht, werde ich vielleicht der Beste im Handball.
Arne hat ein Attest mitgebracht, aus dem klar hervorgeht, daß er auf Schweißgeruch allergisch reagiert und daher für alle Zukunft vom Sportunterricht befreit werden muß.

Ausgestellt hat das Attest ein Doktor von van Knopf. Die Handschrift erinnert verdächtig an die von Arne.

Alles okeh – Kartoffelpüreh

Donnerstag, 24. August

Halli hallo, Tagebuch!
Gestern hab ich Paulina zum erstenmal, seit ich Siebtkläßler bin, getroffen. Sie erzählte, daß der Totengräber in ihre Klasse geht. Ich erzählte, daß der Totengräber und ich Schranknachbarn sind. Paulina kicherte. Ich fragte, was denn daran so komisch sei, wenn man seinen Schrank neben dem von einem Terroristen hat. Paulina sagte, sie glaubt, der Totengräber ist ganz in Ordnung. Da wurde ich schwarz im Gesicht und ging rüber und las, was am Schwarzen Brett hing. Jemand hatte einen Zettel hingehängt, auf dem stand:
»Tausch! Tausche einwandfreien Schrank, so gut wie neu, gegen halbkaputten Schrank im Flur der Siebten. Antwort erbeten an Erik Linstett.«
Dann drehte ich mich um und sah zwei Neuntkläßler auf mich zukommen. Ich erstarrte. Die Neuntkläßler sagten was zu mir. Ich schaltete rasch und tat so, als ob ich Aus-

länder wäre. Zuerst schüttelte ich den Kopf, dann sagte ich mit starkem Akzent:
»I not understand you.«
Die beiden lachten roh. Ich konnte ihnen direkt in den Mund sehen und überlegte, wie viele Siebtkläßler dort schon ihre Tage beendet hatten. Zum Glück sah ich keine Reste von Eriks Kleidern zwischen ihren Zähnen.

Nix ist okeh – lauter Werwölfe, o weh!

Freitag, 25. August

Halli hallo, Tagebuch!
Unsere Klasse ist einem berüchtigten Lehrer ausgeliefert. Er heißt Boris, wird aber Bananen-Boris genannt. Wir haben ihn in Chemie. Als erstes ballerte er mit der Faust auf den Tisch und erklärte, aus welchen Bestandteilen die Luft bestehe. Dann fragte er freundlich, ob jemand von uns was für Chemie übrig hat. Arne meldete sich und teilte mit, er sei Experte für Experimente. Bananen-Boris starrte ihn eine Weile an. Dann begann er uns mit Wasser aus einem Wasserschlauch zu bespritzen. Alle wurden triefnaß. Bananen-Boris brach in ein hysterisches Gelächter aus, das zehn Sekunden dauerte, dann wurde er wütend und brüllte:

»ICH bestimme hier! Der Experiment-Experte bin ich!« Die Klasse glotzte ihn verdattert an, und Erik hätte fast geflennt. Es gelang mir, die Gefahr abzuwenden, indem ich Erik einen komischen Witz ins Ohr flüsterte. Björna wurde stinksauer und wollte Bananen-Boris eins vor den Latz knallen, weil er ihn naß gemacht hatte. Bananen-Boris hörte gar nicht hin. Er hatte eine Formel an die Tafel geschrieben und versuchte, den Zusammenhang zwischen Wasser und Asphalt zu beweisen und zu erklären, warum die Autos im Winter in den Graben fahren.
Ich fürchte, daß wir in Zukunft viele Probleme mit Bananen-Boris haben werden.

Alles okeh – Kartoffelpüreh

Samstag, 26. August

Halli hallo, Tagebuch!
Die erste Woche als Siebtkläßler ist überstanden. Ich habe überlebt! Bin nur ein einziges Mal von den Neunern angequatscht worden. Der gestrige Tag war sehr friedlich. Freitags hören wir immer um 12 auf, und in der letzten Stunde haben wir Sport. Gestern haben wir Hallenhockey gespielt. Erik war erkältet und durfte daher zu den Mädchen rübergehen und beim Jazztanz mitmachen. Es wurde ein er-

barmungsloses Spiel mit vielen Nahkämpfen. Wir haben weiche Faltwände, gegen die wir uns gegenseitig schubsen können. Doch Jörgen war das total egal. Er preßte alle seine Gegner gegen die Sprossenwände. Mit dem Totengräber hätte er das lieber nicht tun sollen. Der Totengräber verschluckte seinen Priem und wurde stinkwütend. Jörgen und der Totengräber fingen an, sich zu kloppen. Wir übrigen heizten ihnen tüchtig ein. Der einzige, der nicht mitheizte, war Arne, der glaubt nämlich an Greenpeace und Gewaltlosigkeit.
Unser Sportlehrer griff ein und zwang den Totengräber und Jörgen mit ein paar einfachen Griffen nieder. Da klatschte Arne begeistert Beifall. Jetzt sind der Totengräber und Jörgen hinter ihm her. Beide zusammen. Armer Arne. Arne hat ungefähr so viele Muskeln wie ein Käfer, der soeben zusammengetreten worden ist. Womit soll er sich wehren, wenn er angegriffen wird?
Lebe wohl, Arne.

Alles okeh – Kartoffelpüreh

Sonntag, 27. August

Halli hallo, Tagebuch!
Jetzt hab ich schon einen ganzen Tag und einen Vormittag von der Siebten frei. Gestern schlief ich bis zwei. Mama und Papa waren zum Samstagskaffee bei Oma, daher hatte ich die Wohnung ganz für mich allein. Ich nützte die Gelegenheit und machte lauter Sachen, die man nur tun kann, wenn die Eltern nicht da sind.
Ich lud unsere Aquarienfische zu Kuchen, Hefezopf und Saft ein. Wir amüsierten uns köstlich. Anschließend mußte ich das Aquarium saubermachen, und dafür brauchte ich eine Stunde.
Um halb fünf kam Björna. Er war echt wochenendmäßig angezogen, mit Trainingshose und Strickjacke. Wir unterhielten uns darüber, welche Weiber wir in unserer neuen Klasse gut finden. Björna fährt auf Annica ab. Ich sagte, Annica sieht doch aus wie etwas, auf dem ein Pferd rumgetrampelt ist. Dann erzählte ich von Paulina. Da sagte Björna, Paulina sieht aus wie ein brandgerodeter Kahlschlag. Wir lachten herzlich über unsere gegenseitigen Bosheiten. Björna erzählte, daß Lena in der 7C *es* gemacht hat. Das ist verboten. Man muß 15 sein, um *es* machen zu dürfen. Björna sagte, er selber habe auch schon so einiges erlebt.
»Was denn?« fragte ich mit großen Ohren.

»Njaa … njee … so ein … manches eben … das ist so viel … also, das kann ich gar nicht alles erzählen.«
Björna wird nie ein guter Politiker. Dazu lügt er zu schlecht.

Alles okeh – Kartoffelpüreh

Montag, 28. August

Halli hallo, Tagebuch!
Ich bin zutiefst deprimiert. Mein Kopf ist schwer. Die Taten der Menschen lasten auf mir. Der Herbst ist da. Das Leben geht seinem Ende zu. Gestern sah ich ein gelbes Blatt. Da begann ich zu plärren und schneuzte mich in das gelbe Blatt. Dann schloß ich mich in meinem Zimmer ein und schrieb gefühlvolle Gedichte. Hier ein Beispiel:

O Blatt, du gelbes Blatt.
Ich fand dich.
Ich schneuzte mich.
In dich. Du gelbes Blatt.

Nachdem ich dieses Gedicht geschrieben hatte, mußte ich wieder heulen. Da klopfte es an meine Tür.
»Komm lieber nicht rein«, antwortete ich munter. Aber

dann kam doch jemand. Es war Nadja. Meine alte Flamme.
»Oik«, sagte ich erstaunt. »Bist *du* hier?«
»Nein, meine geisteskranken Brüder natürlich.«
Ich wußte nicht, was ich sagen sollte. Also sagte ich nichts.
»Warum bist du so still?« fragte Nadja.
»Ich weiß nicht, was ich sagen soll«, antwortete ich. »Ich bin nämlich deprimiert.«
»Soll ich dich umarmen und ein bißchen wärmen?«
Ich glaubte, falsch gehört zu haben, und bat Nadja daher, die Frage zu wiederholen. Dann antwortete ich ja. Sie umarmte mich fest und warm. Und seltsamerweise hatte ich das Gefühl, daß ich sie nie mehr loslassen wollte.

Alles okeh – Kartoffelpüreh

Dienstag, 29. August

Halli hallo, Tagebuch!
Die Schule ist zum Kotzen. Mathe ist besonders zum Kotzen. Geh erst seit einer knappen Woche wieder in die Schule und hab schon Hausaufgaben gekriegt. 30 Seiten. Unsere Mathelehrerin heißt Agneta und hat einen Dachschaden. Sie glaubt, daß wir allesamt Ingenieure und Mathematiker werden wollen. Aber ich habe beschlossen, in-

ternationaler Playboy zu werden, dafür braucht man keine Mathematik. Das Geld kommt dann aus eigener Kraft angerollt. Montags haben wir als erstes eine Doppelstunde Mathe. Während dieser Doppelstunde habe ich Muße, mir mein Leben als Playboy vorzustellen. Ich werde meine Zigarillos nur mit Zigarettenspitze rauchen und immer eine Olive in meine Drinks tun.

Weiter kam ich nicht in meinen Gedanken, bevor die olle Spinatwachtel uns eine »kleine« Hausaufgabe aufbrummte. Alle protestierten lautstark. Arne stellte sich auf seine Bank und verlangte Mitbestimmung. Erik begann zu heulen, und eins der neuen Mädchen in der Klasse, Jaana, warf ihr Mathebuch zum Fenster raus.

»Mensch, hast du Schwein gehabt, daß es offen war«, sagte Björna.

Agneta bekam einen Tobsuchtsanfall. Björna, Jaana und Arne flogen raus. Wir konnten Arnes Stimme draußen im Flur hören:

»Der Faschismus lebt, der Faschismus lebt! Los, wir besetzen das Lehrerzimmer!«

Das läßt auf viele amüsante Mathestunden in der Siebten hoffen.

Alles okeh – Kartoffelpüreh

Mittwoch, 30. August

Halli hallo, Tagebuch!
Mein Freund Erik kann einem echt leid tun. Erstens, weil er seinen Schrank im Flur der Neuner hat. Und zweitens, weil er seit der Sechsten geschrumpft zu sein scheint. Erik will in die Sechste zurück. Er hat vor, dem Rektor ein Schreiben zu überreichen, in dem er erklärt, warum er versetzt werden will. Ich hab Erik geholfen, das Schreiben zu formulieren. Das hier ist das Ergebnis:

Antrag auf Versetzung des Schülers Erik Linstett.

Lieber Rektor. Ich will die sechste Klasse wiederholen.
Hoffentlich läßt sich das machen.
Mit freundlichen Grüßen. Erik Linstett.

PS. Mein Freund Bert Ljung hat mir geholfen, dieses wichtige Dokument höflich zu formulieren. Ich bin der Ansicht, daß er daher bis ans Ende der neunten Klasse in allen Fächern eine Eins haben soll.
Erik L.

Meine wertvolle Hilfe rührte Erik zu Tränen.
Nachdem er sich fertigbedankt hatte, sah ich was Leckeres. Das hübscheste Mädchen, das ich je gesehen habe. Ich glaube, sie geht in die Achte. Sie ist makellos, nur eins stört mich. Sie raucht. Hab noch nie eine Raucherin geküßt.

Wahrscheinlich könnte man aber genausogut mit einem Schornstein knutschen. Hoffentlich habe ich Gelegenheit, das herauszufinden.

Alles okeh – Kartoffelpüreh

Donnerstag, 31. August

Halli hallo, Tagebuch!
Heute ist der letzte August. Der Sommer ist dahingeschieden. Friede seiner Asche. Der August ist in vieler Beziehung ein guter Monat gewesen. Im Augenblick fällt mir überhaupt keine Beziehung ein, aber irgendwie spür ich's im Blut, daß der August gut gewesen ist. Der September wird ein noch besserer Monat, da werd ich nämlich das hübscheste Weib der Welt aufreißen, von einem unbekannten Verwandten ein neues Moped erben, zum beliebtesten Schüler der Schule gewählt werden, und mein Alter wird Direktor in einer Popcornfabrik. Ich freu mich ehrlich auf den September.
Gestern saß ich in meinem Zimmer und büffelte hochkomplizierte Siebtkläßleraufgaben. An meine Tür hatte ich ein Schild gehängt: NICHT STÖREN. DAS GENIE ARBEITET.
Meine dußlige Mutter kam siebzehnmal in mein Zimmer, um mich anzugucken. Dabei seufzte sie jedesmal und machte ein albernes Gesicht. Schließlich sagte sie: »Unglaublich, wie schnell die Zeit vergeht. Es ist doch gar nicht lange her, daß ich dich aus der Klinik nach Hause gebracht hab.«
Da sah ich mich gezwungen, sie mit Radiergummis zu bewerfen, damit sie verduftet. Als sie mir auch noch einen

Schmatz geben wollte, floh ich zu meinem Nachbarn Collin, wo ich bis 23 Uhr Gitarre spielte.

Alles okeh – Kartoffelpüreh

Anders Jacobsson / Sören Olsson

Alle bisher bei Oetinger erschienenen Kinder- und Jugendbücher von Anders Jacobsson und Sören Olsson, den beiden Kinderbuchautoren und Popmusikern aus Schweden, auf einen Blick:

Svante macht Sachen
Svante und der Schwarze Mann
Toll gemacht, Svante!

Berts gesammelte Katastrophen
Berts intime Katastrophen
Berts romantische Katastrophen

Verlag Friedrich Oetinger · Hamburg